Ramón J. Sender
Réquiem por un campesino español

Ramón J. Sender

Réquiem por un campesino español

Ediciones Destino
Colección
Destinolibro
Volumen 15

© Herederos de Ramón J. Sender
© Ediciones Destino, S.A.
Consejo de Ciento, 425. 08009 Barcelona
Primera edición: 1950
Primera edición en Ediciones Destino: octubre 1974
Primera edición en Destinolibro: diciembre 1975
Segunda edición en Destinolibro: marzo 1977
Tercera edición en Destinolibro: abril 1978
Cuarta edición en Destinolibro: diciembre 1978
Quinta edición en Destinolibro: octubre 1979
Sexta edición en Destinolibro: febrero 1980
Séptima edición en Destinolibro: noviembre 1980
Octava edición en Destinolibro: noviembre 1981
Novena edición en Destinolibro: diciembre 1982
Décima edición en Destinolibro: marzo 1984
Undécima edición en Destinolibro: diciembre 1984
Duodécima edición en Destinolibro: noviembre 1985
ISBN: 84-233-0914-2
Depósito Legal: B. 36671-1985
Impreso y encuadernado por:
Printer, industria gráfica sa
Provenza, 388   08025 Barcelona
Impreso en España - Printed in Spain

El cura esperaba sentado en un sillón con la cabeza inclinada sobre la casulla de los oficios de *réquiem*. La sacristía olía a incienso. En un rincón había un fajo de ramitas de olivo de las que habían sobrado el Domingo de Ramos. Las hojas estaban muy secas, y parecían de metal. Al pasar cerca, Mosén Millán evitaba rozarlas porque se desprendían y caían al suelo.

Iba y venía el monaguillo con su roquete blanco. La sacristía tenía dos ventanas que daban al pequeño huerto de la abadía. Llegaban del otro lado de los cristales rumores humildes.

Alguien barría furiosamente, y se oía la escoba seca contra las piedras, y una voz que llamaba:

—María... Marieta...

Cerca de la ventana entreabierta un saltamontes atrapado entre las ramitas de un arbusto trataba de escapar, y se agitaba desesperadamente. Más lejos, hacia la plaza, relinchaba un potro. «Ese debe ser —pensó Mosén Millán— el potro de Paco el del Molino, que anda, como siempre, suelto por el pueblo.» El cura seguía pensando que aquel potro, por las calles, era una alusión constante a Paco y al recuerdo de su desdicha.

Con los codos en los brazos del sillón y las manos cruzadas sobre la casulla negra bordada de oro, seguía rezando. Cincuenta y un años repitiendo aquellas oraciones habían creado un automatismo que le permitía poner el pensamiento en otra parte sin dejar de rezar. Y su imaginación vagaba por el pueblo. Esperaba que los parientes del difunto acudirían. Estaba seguro de que irían —no podían menos— tratándose de una misa de *réquiem,* aunque la decía sin que nadie se la hubiera encargado. También esperaba Mosén Millán que fueran los amigos del difunto. Pero esto hacía dudar al cura. Casi toda la aldea había sido amiga de Paco, menos las dos familias más pudientes: don Valeriano y don Gumersindo. La tercera familia rica, la del señor Cástulo Pérez, no era ni amiga ni enemiga.

El monaguillo entraba, tomaba una campana que había en un rincón, y sujetando el badajo para que no sonara, iba a salir cuando Mosén Millán le preguntó:

—¿Han venido los parientes?

—¿Qué parientes? —preguntó a su vez el monaguillo.

—No seas bobo. ¿No te acuerdas de Paco el del Molino?

—Ah, sí, señor. Pero no se ve a nadie·en la iglesia, todavía.

El chico salió otra vez al presbiterio pensando en Paco el del Molino. ¿No había de recordarlo? Lo vio morir, y después de su muerte la gente sacó un romance. El monaguillo sabía algunos trozos:

Ahí va Paco el del Molino,
que ya ha sido sentenciado,
y que llora por su vida
camino del camposanto.

Eso de llorar no era verdad, porque el monaguillo vio a Paco, y no lloraba. «Lo vi —se decía— con los otros desde el coche del señor Cástulo, y yo llevaba la bolsa con la extremaunción para que Mosén Millán les pusiera a los muertos el santolio en el pie.» El monaguillo iba y venía con el romance de Paco en los dientes. Sin darse cuenta acomodaba sus pasos al compás de la canción:

*...y al llegar frente a las tapias
el centurión echa el alto.*

Eso del centurión le parecía al monaguillo
más bien cosa de Semana Santa y de los pasos de la oración del huerto. Por las ventanas
de la sacristía llegaba ahora un olor de hier-
bas quemadas, y Mosén Millán, sin dejar de
rezar, sentía en ese olor las añoranzas de su
propia juventud. Era viejo, y estaba llegando —se decía— a esa edad en que la sal ha
perdido su sabor, como dice la Biblia. Reza-
ba entre dientes con la cabeza apoyada en
aquel lugar del muro donde a través del tiempo se había formado una mancha oscura.
Entraba y salía el monaguillo con la pértiga
de encender los cirios, las vinajeras y el
misal.

—¿Hay gente en la iglesia? —preguntaba
otra vez el cura.

—No, señor.

Mosén Millán se decía: es pronto. Además,
los campesinos no han acabado las faenas de
la trilla. Pero la familia del difunto no podía
faltar. Seguían sonando las campanas que en
los funerales eran lentas, espaciadas y graves.

Mosén Millán alargaba las piernas. Las puntas de sus zapatos asomaban debajo del alba y encima de la estera de esparto. El alba estaba deshilándose por el remate. Los zapatos tenían el cuero rajado por el lugar donde se doblaban al andar, y el cura pensó: tendré que enviarlos a componer. El zapatero era nuevo en la aldea. El anterior no iba a misa, pero trabajaba para el cura con el mayor esmero, y le cobraba menos. Aquel zapatero y Paco el del Molino habían sido muy amigos.

Recordaba Mosén Millán el día que bautizó a Paco en aquella misma iglesia. La mañana del bautizo se presentó fría y dorada, una de esas mañanitas en que la grava del río que habían puesto en la plaza durante el *Corpus,* crujía de frío bajo los pies. Iba el niño en brazos de la madrina, envuelto en ricas mantillas, y cubierto por un manto de raso blanco, bordado en sedas blancas, también. Los lujos de los campesinos son para los actos sacramentales. Cuando el bautizo entraba en la iglesia, las campanitas menores tocaban alegremente. Se podía saber si el que iban a bautizar era niño o niña. Si era niño, las campanas —una en un tono más alto que la otra— decían: *no és nena, que és nen; no és nena, que és nen.* Si era niña cambiaban un poco, y decían: *no és nen, que és nena; no és nen, que és nena.* La aldea estaba cerca de la raya de Lérida, y los campesinos usaban a veces palabras catalanas.

Al llegar el bautizo se oyó en la plaza vocerío de niños, como siempre. El padrino llevaba una bolsa de papel de la que sacaba puñados de peladillas y caramelos. Sabía que, de no hacerlo, los chicos recibirían al bautizo gritando a coro frases desairadas para el recién nacido, aludiendo a sus pañales y a si estaban secos o mojados.

Se oían rebotar las peladillas contra las puertas y las ventanas y a veces contra las cabezas de los mismos chicos, quienes no perdían el tiempo en lamentaciones. En la torre las campanitas menores seguían tocando: *no és nena, que és nen,* y los campesinos entraban en la iglesia, donde esperaba Mosén Millán ya revestido.

Recordaba el cura aquel acto entre centenares de otros porque había sido el bautizo de Paco el del Molino. Había varias personas enlutadas y graves. Las mujeres con mantilla o mantón negro. Los hombres con camisa almidonada. En la capilla bautismal la pila sugería misterios antiguos.

Mosén Millán había sido invitado a comer con la familia. No hubo grandes extremos porque las fiestas del invierno solían ser menos algareras que las del verano. Recordaba Mosén Millán que sobre una mesa había un paquete de velas rizadas y adornadas, y que en un extremo de la habitación estaba la cuna del niño. A su lado, la madre, de breve cabeza y pecho opulento, con esa serenidad majestuosa de las recién paridas. El padre atendía a los amigos. Uno de ellos se acercaba a la cuna, y preguntaba:

—¿Es tu hijo?

—Hombre, no lo sé —dijo el padre acusando con una tranquila sorna lo obvio de la pregunta—. Al menos, de mi mujer sí que lo es.

Luego soltó la carcajada. Mosén Millán, que estaba leyendo su grimorio, alzó la cabeza:

—Vamos, no seas bruto. ¿Qué sacas con esas bromas?

Las mujeres reían también, especialmente la

15

Jerónima —partera y saludadora—, que en aquel momento llevaba a la madre un caldo de gallina y un vaso de vino moscatel. Después descubría al niño, y se ponía a cambiar el vendaje del ombliguito.

—Vaya, zagal. Seguro que no te echarán del baile —decía aludiendo al volumen de sus atributos masculinos.

La madrina repetía que durante el bautismo el niño había sacado la lengua para recoger la sal, y de eso deducía que tendría gracia y atractivo con las mujeres. El padre del niño iba y venía, y se detenía a veces para mirar al recién nacido: «¡Qué cosa es la vida! Hasta que nació ese crío, yo era sólo el hijo de mi padre. Ahora soy, además, el padre de mi hijo».

—El mundo es redondo, y rueda —dijo en voz alta.

Estaba seguro Mosén Millán de que servirían en la comida perdiz en adobo. En aquella casa solían tenerla. Cuando sintió su olor en el aire, se levantó, se acercó a la cuna, y sacó de su breviario un pequeñísimo escapulario que dejó debajo de la almohada del niño. Miraba el cura al niño sin dejar de rezar:

ad perpetuam rei memoriam... El niño parecía darse cuenta de que era el centro de aquella celebración, y sonreía dormido. Mosén Millán se apartaba pensando: ¿De qué puede sonreír? Lo dijo en voz alta, y la Jerónima comentó:

—Es que sueña. Sueña con ríos de lechecita caliente.

El diminutivo de leche resultaba un poco extraño, pero todo lo que decía la Jerónima era siempre así.

Cuando llegaron los que faltaban, comenzó la comida. Una de las cabeceras la ocupó el feliz padre. La abuela dijo al indicar al cura el lado contrario:

—Aquí el otro padre, Mosén Millán.

El cura dio la razón a la abuela: el chico había nacido dos veces, una al mundo y otra a la iglesia. De este segundo nacimiento el padre era el cura párroco. Mosén Millán se servía poco, reservándose para las perdices. Veintiséis años después se acordaba de aquellas perdices, y en ayunas, antes de la misa, percibía los olores de ajo, vinagrillo y aceite de oliva. Revestido y oyendo las campanas, dejaba que por un momento el recuerdo se

extinguiera. Miraba al monaguillo. Éste no
sabía todo el romance de Paco, y se quedaba
en la puerta con un dedo doblado entre los
dientes tratando de recordar:

> *...ya los llevan, ya los llevan*
> *atados brazo con brazo.*

El monaguillo tenía presente la escena, que
fue sangrienta y llena de estampidos.
Volvía a recordar el cura la fiesta del bautizo mientras el monaguillo por decir algo
repetía:
—No sé qué pasa que hoy no viene nadie a
la iglesia, Mosén Millán.
El sacerdote había puesto la crisma en la nuca
de Paco, en su tierna nuca que formaba dos
arruguitas contra la espalda. Ahora —pensaba— está ya aquella nuca bajo la tierra,
polvo en el polvo. Todos habían mirado al
niño aquella mañana, sobre todo el padre,
felices, pero con cierta turbiedad en la expresión. Nada más misterioso que un recién
nacido.
Mosén Millán recordaba que aquella familia
no había sido nunca muy devota, pero cum-

plía con la parroquia y conservaba la costumbre de hacer a la iglesia dos regalos cada año, uno de lana y otro de trigo, en agosto. Lo hacían más por tradición que por devoción —pensaba Mosén Millán—, pero lo hacían.

En cuanto a la Jerónima, ella sabía que el cura no la veía con buenos ojos. A veces la Jerónima, con su oficio y sus habladurías —o *dijendas,* como ella decía—, agitaba un poco las aguas mansas de la aldea. Solía rezar la Jerónima extrañas oraciones para ahuyentar el pedrisco y evitar las inundaciones, y en aquella que terminaba diciendo: *Santo Justo, Santo Fuerte, Santo Inmortal — líbranos, Señor, de todo mal,* añadía una frase latina que sonaba como una obscenidad, y cuyo verdadero sentido no pudo nunca descifrar el cura. Ella lo hacía inocentemente, y cuando el cura le preguntaba de dónde había sacado aquel latinajo, decía que lo había heredado de su abuela.

Estaba seguro Mosén Millán de que si iba a la cuna del niño, y levantaba la almohada, encontraría algún amuleto. Solía la Jerónima poner cuando se trataba de niños una tijerita abierta en cruz para protegerlos de herida de hierro —de saña de hierro, decía ella—, y si se trataba de niñas, una rosa que ella misma había desecado a la luz de la luna para darles hermosura y evitarles las menstruaciones difíciles.

Hubo un incidente que produjo cierta alegría secreta a Mosén Millán. El médico de la aldea, un hombre joven, llegó, dio los buenos días, se quitó las gafas para limpiarlas —se le habían empañado al entrar—, y se acercó a la cuna. Después de reconocer al crío dijo gravemente a la Jerónima que no volviera a tocar el ombligo del recién nacido y ni siquiera a cambiarle la faja. Lo dijo secamente, y lo que era peor, delante de todos. Lo oyeron hasta los que estaban en la cocina.

Como era de suponer, al marcharse el médico, la Jerónima comenzó a desahogarse. Dijo que con los médicos viejos nunca había tenido palabras, y que aquel jovencito creía que sólo su ciencia valía, pero dime de lo que presumes, y te diré lo que te falta. Aquel médico tenía más hechuras y maneras que *concencia*. Trató de malquistar al médico con los maridos. ¿No habían visto cómo se entraba por las casas de rondón, y sin llamar, y se iba derecho a la alcoba, aunque la hembra de la familia estuviera allí vistiéndose? Más de una había sido sorprendida en cubrecorsé o en enaguas. ¿Y qué hacían las pobres? Pues nada. Gritar y correr a otro cuarto. ¿Eran maneras aquellas de entrar en una casa un hombre soltero y sin arrimo? Ese era el médico. Seguía hablando la Jerónima, pero los hombres no la escuchaban. Mosén Millán intervino por fin:

—Cállate, Jerónima —dijo—. Un médico es un médico.

—La culpa —dijo alguien— no es de la Jerónima, sino del jarro.

Los campesinos hablaban de cosas referentes al trabajo. El trigo apuntaba bien, los planteros —semilleros— de hortalizas iban germinando, y en la primavera sería un gozo sembrar los melonares y la lechuga. Mosén Millán, cuando vio que la conversación languidecía, se puso a hablar contra las supersticiones. La Jerónima escuchaba en silencio.

Hablaba el cura de las cosas más graves con

giros campesinos. Decía que la Iglesia se alegraba tanto de aquel nacimiento como los mismos padres, y que había que alejar del niño las supersticiones, que son cosa del demonio, y que podrían dañarle el día de mañana. Añadió que el chico sería tal vez un nuevo Saulo para la Cristiandad.

—Lo que quiero yo es que aprenda a ajustarse los calzones, y que haga un buen mayoral de labranza —dijo el padre.

Rió la Jerónima para molestar al cura. Luego dijo:

—El chico será lo que tenga que ser. Cualquier cosa, menos cura.

Mosén Millán la miró extrañado:

—Qué bruta eres, Jerónima.

En aquel momento llegó alguien buscando a la ensalmadora. Cuando ésta hubo salido, Mosén Millán se dirigió a la cuna del niño, levantó la almohada, y halló debajo un clavo y una pequeña llave formando cruz. Los sacó, los entregó al padre, y dijo: «¿Usted ve?» Después rezó una oración. Repitió que el pequeño Paco, aunque fuera un día mayoral de labranza, era hijo espiritual suyo, y debía cuidar de su alma. Ya sabía que la

Jerónima, con sus supersticiones, no podía hacer daño mayor, pero tampoco hacía ningún bien.

Mucho más tarde, cuando Paquito fue Paco, y salió de quintas, y cuando murió, y cuando Mosén Millán trataba de decir la misa de aniversario, vivía todavía la Jerónima, aunque era tan vieja, que decía tonterías, y no le hacían caso. El monaguillo de Mosén Millán estaba en la puerta de la sacristía, y sacaba la nariz de vez en cuando para fisgar por la iglesia, y decir al cura :

—Todavía no ha venido nadie.

Alzaba las cejas el sacerdote pensando : no lo comprendo. Toda la aldea quería a Paco. Menos don Gumersindo, don Valeriano y tal vez el señor Cástulo Pérez. Pero de los sentimientos de este último nadie podía estar seguro. El monaguillo también se hablaba a sí mismo diciéndose el romance de Paco :

Las luces iban po'l monte
y las sombras por el saso...

Mosén Millán cerró los ojos, y esperó. Recordaba algunos detalles nuevos de la infan-

cia de Paco. Quería al muchacho, y el niño
le quería a él, también. Los chicos y los animales quieren a quien los quiere.

A los seis años hacía *fuineta,* es decir, se es-
capaba ya de casa, y se unía con otros zaga-
les. Entraba y salía por las cocinas de los vecinos. Los campesinos siguen el viejo pro-
verbio: al hijo de tu vecino límpiale las na-
rices y méte lo en tu casa. Tendría Paco algo
más de seis años cuando fue por primera vez
a la escuela. La casa del cura estaba cerca,
y el chico iba de tarde en tarde a verlo. El
hecho de que fuera por voluntad propia con-
movía al cura. Le daba al muchacho estam-
pas de colores. Si al salir de casa del cura el
chico encontraba al zapatero, éste le decía:

—Ya veo que eres muy amigo de Mosén Millán.

—¿Y usted no? —preguntaba el chico.

—¡Oh! —decía el zapatero, evasivo—. Los
curas son la gente que se toma más trabajo
en el mundo para no trabajar. Pero Mosén
Millán es un santo.

Esto último lo decía con una veneración exa-
gerada para que nadie pudiera pensar que
hablaba en serio.

El pequeño Paco iba haciendo sus descubrimientos en la vida. Encontró un día al cura en la abadía cambiándose de sotana, y al ver que debajo llevaba pantalones, se quedó extrañado y sin saber qué pensar.

Cuando veía Mosén Millán al padre de Paco le preguntaba por el niño empleando una expresión halagadora:

—¿Dónde está el heredero?

Tenía el padre de Paco un perro flaco y malcarado. Los labradores tratan a sus perros con indiferencia y crueldad, y es, sin duda, la razón por la que esos animales los adoran. A veces el perro acompañaba al chico a la escuela. Andaba a su lado sin zalemas y sin alegría, protegiéndolo con su sola presencia.

Paco andaba por entonces muy atareado tratando de convencer al perro de que el gato de la casa tenía también derecho a la vida. El perro no lo entendía así, y el pobre gato tuvo que escapar al campo. Cuando Paco quiso recuperarlo, su padre le dijo que era inútil porque las alimañas salvajes lo habrían matado ya. Los búhos no suelen tolerar que haya en el campo otros animales que puedan ver en la oscuridad, como ellos. Perseguían a los gatos, los mataban y se los comían. Desde que supo eso, la noche era para Paco misteriosa y temible, y cuando se acostaba aguzaba el oído queriendo oír los ruidos de fuera.

Si la noche era de los búhos, el día pertenecía a los chicos, y Paco, a los siete años, era bastante revoltoso. Sus preocupaciones y temores durante la noche no le impedían reñir al salir de la escuela.

Era ya por entonces una especie de monaguillo auxiliar o suplente. Entre los tesoros de los chicos de la aldea había un viejo revólver con el que especulaban de tal modo, que nunca estaba más de una semana en las mismas manos. Cuando por alguna razón —por haberlo ganado en juegos o cambalaches— lo tenía Paco, no se separaba de él, y mientras ayudaba a misa lo llevaba en el cinto bajo el roquete. Una vez, al cambiar el misal y hacer la genuflexión, resbaló el arma, y cayó en la tarima con un ruido enorme. Un momento quedó allí, y los dos monaguillos se abalanzaron sobre ella. Paco empujó al otro, y tomó su revólver. Se remangó

revólver

la sotana, se lo guardó en la cintura, y respondió al sacerdote :

—*Et cum spiritu tuo.*

Terminó la misa, y Mosén Millán llamó a capítulo a Paco, le riñó y le pidió el revólver. Entonces ya Paco lo había escondido detrás del altar. Mosén Millán registró al chico, y no le encontró nada. Paco se limitaba a negar, y no le habrían sacado de sus negativas todos los verdugos de la antigua Inquisición. Al final, Mosén Millán se dio por vencido, pero le preguntó :

—¿Para qué quieres ese revólver, Paco? ¿A quién quieres matar?

—A nadie.

Añadió que lo llevaba para evitar que lo usaran otros chicos peores que él. Este subterfugio asombró al cura.

Mosén Millán se interesaba por Paco pensando que sus padres eran poco religiosos. Creía el sacerdote que atrayendo al hijo, atraería tal vez al resto de la familia. Tenía Paco siete años cuando llegó el obispo, y confirmó a los chicos de la aldea. La figura del prelado, que era un anciano de cabello blanco y alta estatura, impresionó a Paco.

Con su mitra, su capa pluvial y el báculo dorado, daba al niño la idea aproximada de lo que debía ser Dios en los cielos. Después de la confirmación habló el obispo con Paco en la sacristía. El obispo le llamaba *galopín*. Nunca había oído Paco aquella palabra. El diálogo fue asi:

—¿Quién es este galopín?

—Paco, para servir a Dios y a su ilustrísima.

El chico había sido aleccionado. El obispo, muy afable, seguía preguntándole:

—¿Qué quieres ser tú en la vida? ¿Cura?

—No, señor.

—¿General?

—No, señor, tampoco. Quiero ser labrador, como mi padre.

El obispo reía. Viendo Paco que tenía éxito, siguió hablando:

—Y tener tres pares de mulas, y salir con ellas por la calle mayor diciendo: ¡Tordillaaa Capitanaaa, oxiqué me ca...!

Mosén Millán se asustó, y le hizo con la mano un gesto indicando que debía callarse. El obispo reía.

Aprovechando la emoción de aquella visita

del obispo, Mosén Millán comenzó a preparar a Paco y a otros mozalbetes para la primera comunión, y al mismo tiempo decidió que era mejor hacerse cómplice de las pequeñas picardías de los muchachos que censor. Sabía que Paco tenía el revólver, y no había vuelto a hablarle de él.

Se sentía Paco seguro en la vida. El zapatero lo miraba a veces con cierta ironía —¿por qué?—, y el médico, cuando iba a su casa, le decía:

—Hola, Cabarrús.

Casi todos los vecinos y amigos de la familia le guardaban a Paco algún secreto: la noticia del revólver, un cristal roto en una ventana, el hurto de algunos puñados de cerezas en un huerto. El más importante encubrimiento era el de Mosén Millán.

Un día habló el cura con Paco de cosas difíciles porque Mosén Millán le enseñaba a hacer examen de conciencia desde el primer mandamiento hasta el décimo. Al llegar al sexto, el sacerdote vaciló un momento, y dijo, por fin:

—Pásalo por alto, porque tú no tienes pecados de esa clase todavía.

Paco estuvo cavilando, y supuso que debía referirse a la relación entre hombres y mujeres.

Iba Paco a menudo a la iglesia, aunque sólo ayudaba a misa cuando hacían falta dos monaguillos. En la época de Semana Santa descubrió grandes cosas. Durante aquellos días todo cambiaba en el templo. Las imágenes las tapaban con paños color violeta, el altar mayor quedaba oculto también detrás de un enorme lienzo malva, y una de las naves iba siendo transformada en un extraño lugar lleno de misterio. Era *el monumento*. La parte anterior tenía acceso por una ancha escalinata cubierta de alfombra negra.

Al pie de esas escaleras, sobre un almohadón blanco de raso estaba acostado un crucifijo de metal cubierto con lienzo violeta, que formaba una figura romboidal sobre los extremos de la Cruz. Por debajo del rombo asomaba la base, labrada. Los fieles se acercaban, se arrodillaban, y la besaban. Al lado una gran bandeja con dos o tres monedas de plata y muchas más de cobre. En las sombras de la iglesia aquel lugar silencioso e iluminado, con las escaleras llenas de candelabros y cirios encendidos, daba a Paco una impresión de misterio.

Debajo del monumento, en un lugar invisible, dos hombres tocaban en flautas de caña una melodía muy triste. La melodía era corta y se repetía hasta el infinito durante todo el día. Paco tenía sensaciones contradictorias muy fuertes.

Durante el Jueves y el Viernes Santo no sonaban las campanas de la torre. En su lugar se oían las matracas. En la bóveda del campanario había dos enormes cilindros de madera cubiertos de hileras de mazos. Al girar el cilindro, los mazos golpeaban sobre la madera hueca. Toda aquella maquinaria estaba encima de las campanas, y tenía un eje empotrado en dos muros opuestos del campanario, y engrasado con pez. Esas gigantescas matracas producían un rumor de huesos agitados. Los monaguillos tenían dos matraquitas de mano, y las hacían sonar al alzar en la misa. Paco miraba y oía todo aquello asombrado.

Le intrigaban sobre todo las estatuas que se veían a los dos lados del monumento. Éste parecía el interior de una inmensa cámara fotográfica con el fuelle extendido. La turbación de Paco procedía del hecho de haber visto aquellas imágenes polvorientas y desnarigadas en un desván del templo donde amontonaban los trastos viejos. Había también allí piernas de cristos desprendidas de los cuerpos, estatuas de mártires desnudos y sufrientes. Cabezas de *ecce homos* lacrimosos, paños de verónicas colgados del muro, trípodes hechos con listones de madera que tenían un busto de mujer en lo alto, y que, cubiertos por un manto en forma cónica, se convertían en Nuestra Señora de los Desamparados.

El otro monaguillo —cuando estaban los dos en el desván— exageraba su familiaridad con aquellas figuras. Se ponía a caballo de uno de los apóstoles, en cuya cabeza golpeaba con los nudillos para ver —decía— si había ratones; le ponía a otro un papelito arrollado en la boca como si estuviera fumando, iba al lado de San Sebastián, y le arrancaba los dardos del pecho para volvérselos a poner, cruelmente. Y en un rincón se veía el túmulo funeral que se usaba en las misas de difuntos. Cubierto de paños negros goteados de cera mostraba en los cuatro lados una calavera y dos tibias cruzadas. Era un lugar dentro del cual se escondía el otro acólito, a veces, y cantaba cosas irreverentes.

El Sábado de Gloria, por la mañana, los chicos iban a la iglesia llevando pequeños mazos de madera que tenían guardados todo el año para aquel fin. Iban —quién iba a suponerlo— a matar judíos. Para evitar que rompieran los bancos, Mosén Millán hacía poner el día anterior tres largos maderos derribados cerca del atrio. Se suponía que los judíos estaban dentro, lo que no era para las imaginaciones infantiles demasiado suponer. Los chicos se sentaban detrás y esperaban. Al decir el cura en los oficios la palabra *resurrexit,* comenzaban a golpear produciendo un fragor escandaloso, que duraba hasta el canto del *aleluya* y el primer volteo de campanas.

Salía Paco de la Semana Santa como convaleciente de una enfermedad. Los oficios habían sido sensacionales, y tenían nombres extraños: las *tinieblas,* el sermón de *las siete palabras,* y del *beso de Judas,* el de los *velos rasgados.* El Sábado de Gloria solía ser como la reconquista de la luz y la alegría. Mientras volteaban las campanas en la torre —después del silencio de tres días— la Jerónima cogía piedrecitas en la glera del río porque decía que poniéndoselas en la boca aliviarían el dolor de muelas.

Paco iba entonces a la casa del cura en grupo con otros chicos, que se preparaban también para la primera comunión. El cura los instruía y les aconsejaba que en aquellos días no hicieran diabluras. No debían pelear ni ir al lavadero público, donde las mujeres hablaban demasiado libremente.

Los chicos sentían desde entonces una curiosidad más viva, y si pasaban cerca del lavadero aguzaban el oído. Hablando los chicos entre sí, de la comunión, inventaban peligros extraños y decían que al comulgar era necesario abrir mucho la boca, porque si la hostia tocaba en los dientes, el comulgante caía muerto, y se iba derecho al infierno.

Un día, Mosén Millán pidió al monaguillo que le acompañara a llevar la extremaunción a un enfermo grave. Fueron a las afueras del pueblo, donde ya no había casas, y la gente vivía en unas cuevas abiertas en la roca. Se entraba en ellas por un agujero rectangular que tenía alrededor una cenefa encalada.

Paco llevaba colgada del hombro una bolsa de terciopelo donde el cura había puesto los objetos litúrgicos. Entraron bajando la cabeza y pisando con cuidado. Había dentro dos cuartos con el suelo de losas de piedra mal ajustadas. Estaba ya oscureciendo, y en el cuarto primero no había luz. En el segundo se veía sólo una lamparilla de aceite. Una anciana, vestida de harapos, los recibió con un cabo de vela encendido. El techo de roca era muy bajo, y aunque se podía estar de pie, el sacerdote bajaba la cabeza por precaución. No había otra ventilación que la de la puerta exterior. La anciana tenía los ojos secos y una expresión de fatiga y de espanto frío.

En un rincón había un camastro de tablas, y en él estaba el enfermo. El cura no dijo nada, la mujer tampoco. Sólo se oía un ronquido regular, bronco y persistente, que salía del pecho del enfermo. Paco abrió la bolsa, y el sacerdote, después de ponerse la estola, fue sacando trocitos de estopa y una pequeña vasija con aceite, y comenzó a rezar en latín.

La anciana escuchaba con la vista en el suelo y el cabo de vela en la mano. La silueta del enfermo —que tenía el pecho muy levantado y la cabeza muy baja— se proyectaba en el muro, y el más pequeño movimiento del cirio hacía moverse la sombra.

Descubrió el sacerdote los pies del enfermo. Eran grandes, secos, resquebrajados. Pies de labrador. Después fue a la cabecera. Se veía que el agonizante ponía toda la energía que le quedaba en aquella horrible tarea de respirar. Los estertores eran más broncos y más frecuentes. Paco veía dos o tres moscas que revoloteaban sobre la cara del enfermo, y que a la luz tenían reflejos de metal. Mosén Millán hizo las unciones en los ojos, en la nariz, en los pies. El enfermo no se daba cuenta. Cuando terminó el sacerdote, dijo a la mujer:

—Dios lo acoja en su seno.

La anciana callaba. Le temblaba a veces la barba, y en aquel temblor se percibía el hueso de la mandíbula debajo de la piel. Paco seguía mirando alrededor. No había luz, ni agua, ni fuego.

Mosén Millán tenía prisa por salir, pero lo

disimulaba porque aquella prisa le parecía poco cristiana. Cuando salieron, la mujer los acompañó hasta la puerta con el cirio encendido. No se veían por allí más muebles que una silla desnivelada apoyada contra el muro. En el cuarto exterior, en un rincón y en el suelo había tres piedras ahumadas y un poco de ceniza fría. En una estaca clavada en el muro, una chaqueta vieja. El sacerdote parecía ir a decir algo, pero se calló. Salieron.

Era ya de noche, y en lo alto se veían las estrellas. Paco preguntó:

—¿Esa gente es pobre, Mosén Millán?

—Sí, hijo.

—¿Muy pobre?

—Mucho.

—¿La más pobre del pueblo?

—Quién sabe, pero hay cosas peores que la pobreza. Son desgraciados por otras razones.

El monaguillo veía que el sacerdote contestaba con desgana.

—¿Por qué? —preguntó.

—Tienen un hijo que podría ayudarles, pero he oído decir que está en la cárcel.

—¿Ha matado a alguno?

—Yo no sé, pero no me extrañaría.

Paco no podía estar callado. Caminaba a oscuras por terreno desigual. Recordando al enfermo el monaguillo dijo:

—Se está muriendo porque no puede respirar. Y ahora nos vamos, y se queda allí solo.

Caminaban. Mosén Millán parecía muy fatigado. Paco añadió:

—Bueno, con su mujer. Menos mal.

Hasta las primeras casas había un buen trecho. Mosén Millán dijo al chico que su compasión era virtuosa y que tenía buen corazón. El chico preguntó aun si no iba nadie a verlos porque eran pobres o porque tenían un hijo en la cárcel y Mosén Millán queriendo cortar el diálogo aseguró que de un momento a otro el agonizante moriría y subiría al cielo donde sería feliz. El chicó miró las estrellas.

—Su hijo no debe ser muy malo, padre Millán.

—¿Por qué?

—Si fuera malo, sus padres tendrían dinero. Robaría.

El cura no quiso responder. Y seguían andando.

Paco se sentía feliz yendo con el cura.

Ser su amigo le daba autoridad aunque no podría decir en qué forma. Siguieron andando sin volver a hablar, pero al llegar a la iglesia Paco repitió una vez más:

—¿Por qué no va a verlo nadie, Mosén Millán?

—¿Qué importa eso, Paco? El que se muere, rico o pobre, siempre está solo aunque vayan los demás a verlo. La vida es así y Dios que la ha hecho sabe por qué.

Paco recordaba que el enfermo no decía nada. La mujer tampoco. Además el enfermo tenía los pies de madera como los de los crucifijos rotos y abandonados en el desván.

El sacerdote guardaba la bolsa de los óleos. Paco dijo que iba a avisar a los vecinos para que fueran a ver al enfermo y ayudar a su mujer. Iría de parte de Mosén Millán y así nadie se negaría. El cura le advirtió que lo mejor que podía hacer era ir a su casa. Cuando Dios permite la pobreza y el dolor —dijo— es por algo.

—¿Qué puedes hacer tú? —añadió—. Esas

cuevas que has visto son miserables pero las hay peores en otros pueblos.

Medio convencido, Paco se fue a su casa, pero durante la cena habló dos o tres veces más del agonizante y dijo que en su choza no tenían ni siquiera un poco de leña para hacer fuego. Los padres callaban. La madre iba y venía. Paco decía que el pobre hombre que se moría no tenía siquiera un colchón porque estaba acostado sobre tablas. El padre dejó de cortar pan y lo miró.

—Es la última vez —dijo— que vas con Mosén Millán a dar la unción a nadie.

Todavía el chico habló de que el enfermo tenía un hijo presidiario, pero que no era culpa del padre.

—Ni del hijo tampoco.

Paco estuvo esperando que el padre dijera algo más, pero se puso a hablar de otras cosas.

Como en todas las aldeas, había un lugar en las afueras que los campesinos llamaban *el carasol*, en la base de una cortina de rocas que daban al mediodía. Era caliente en invierno y fresco en verano. Allí iban las mujeres más pobres —generalmente ya viejas—

y cosían, hilaban, charlaban de lo que sucedía en el mundo.

Durante el invierno aquel lugar estaba siempre concurrido. Alguna vieja peinaba a su nieta. La Jerónima, en el carasol, estaba siempre alegre, y su alegría contagiaba a las otras. A veces, sin más ni más, y cuando el carasol estaba aburrido, se ponía ella a bailar sola, siguiendo el compás de las campanas de la iglesia.

Fue ella quien llevó la noticia de la piedad de Paco por la familia agonizante, y habló de la resistencia de Mosén Millán a darles ayuda —esto muy exagerado para hacer efecto— y de la prohibición del padre del chico. Según ella, el padre había dicho a Mosén Millán:

—¿Quién es usted para llevarse al chico a dar la unción?

Era mentira, pero en el carasol creían todo lo que la Jerónima decía. Ésta hablaba con respeto de mucha gente, pero no de las familias de don Valeriano y de don Gumersindo.

Veintitrés años después, Mosén Millán recordaba aquellos hechos, y suspiraba bajo

41

sus ropas talares, esperando con la cabeza apoyada en el muro —en el lugar de la mancha oscura— el momento de comenzar la misa. Pensaba que aquella visita de Paco a la cueva influyó mucho en todo lo que había de sucederle después. «Y vino conmigo. Yo lo llevé», añadía un poco perplejo. El monaguillo entraba en la sacristía y decía:

—Aun no ha venido nadie, Mosén Millán.

Lo repitió porque con los ojos cerrados, el cura parecía no oírle. Y recitaba para sí el monaguillo otras partes del romance a medida que las recordaba:

> *...Lo buscaban en los montes,*
> *pero no lo han encontrado;*
> *a su casa iban con perros*
> *pa que tomen el olfato;*
> *ya ventean, ya ventean*
> *las ropas viejas de Paco.*

Se oían aún las campanas. Mosén Millán volvía a recordar a Paco. «Parece que era ayer cuando tomó la primera comunión.» Poco después el chico se puso a crecer, y en tres o cuatro años se hizo casi tan grande co-

42

mo su padre. La gente, que hasta entonces lo llamaba Paquito, comenzó a llamarlo Paco el del Molino. El bisabuelo había tenido un molino que ya no molía, y que empleaban para almacén de grano. Tenía también allí un pequeño rebaño de cabras. Una vez, cuando parieron las cabras, Paco le llevó a Mosén Millán un cabritillo, que quedó triscando por el huerto de la abadía.

Poco a poco se fue alejando el muchacho de Mosén Millán. Casi nunca lo encontraba en la calle, y no tenía tiempo para ir ex profeso a verlo. Los domingos iba a misa —en verano faltaba alguna vez—, y para Pascua confesaba y comulgaba, cada año.

Aunque imberbe aún, el chico imitaba las maneras de los adultos. No sólo iba sin cuidado al lavadero y escuchaba los diálogos de las mozas, sino que a veces ellas le decían picardías y crudezas, y él respondía bravamente. El lugar a donde iban a lavar las mozas se llamaba la plaza del agua, y era, efectivamente, una gran plaza ocupada en sus dos terceras partes por un estanque bastante profundo. En las tardes calientes del verano algunos mozos iban a nadar allí completamente en cueros. Las lavanderas parecían escandalizarse, pero sólo de labios afuera. Sus gritos, sus risas y las frases que cambiaban con los mozos mientras en la alta torre crotoraban las cigüeñas, revelaban una alegría primitiva.

Paco el del Molino fue una tarde allí a nadar, y durante más de dos horas se exhibió a gusto entre las bromas de las lavanderas. Le decían palabras provocativas, insultos femeninos de intención halagadora, y aquello fue como la iniciación en la vida de los mozos solteros. Después de aquel incidente, sus padres le dejaban salir de noche y volver cuando ya estaban acostados.

A veces Paco hablaba con su padre sobre cuestiones de hacienda familiar. Un día tuvieron una conversación sobre materia tan importante como los arrendamientos de pastos en el monte y lo que esos arrendamientos les costaban. Pagaban cada año una suma regular a un viejo duque que nunca había estado en la aldea, y que percibía aquellas rentas de los campesinos de cinco pueblos vecinos. Paco creía que aquello no era cabal.

—Si es cabal o no, pregúntaselo a Mosén Millán, que es amigo de don Valeriano, el administrador del duque. Anda y verás con lo que te sale.

Ingenuamente Paco se lo preguntó al cura, y éste dijo:

—¡Qué te importa a ti eso, Paco!

Paco se atrevió a decirle —lo había oído a su padre— que había gente en el pueblo que vivía peor que los animales, y que se podía hacer algo para remediar aquella miseria.

—¿Qué miseria? —dijo Mosén Millán—. Todavía hay más miseria en otras partes que aquí.

Luego le reprendió ásperamente por ir a nadar a la plaza del agua delante de las lavanderas. En eso Paco tuvo que callarse.

El muchacho iba adquiriendo gravedad y solidez. Los domingos en la tarde, con el pantalón nuevo de pana, la camisa blanca y el chaleco rameado y florido, iba a jugar a las *birlas* (a los bolos). Desde la abadía, Mosén Millán, leyendo su breviario, oía el ruido de las birlas chocando entre sí y las monedas de cobre cayendo al suelo, donde las dejaban los mozos para sus apuestas. A veces se asomaba al balcón. Veía a Paco tan crecido, y se decía: «Ahí está. Parece que fue ayer cuando lo bauticé».

Pensaba el cura con tristeza que cuando aquellos chicos crecían, se alejaban de la iglesia, pero volvían a acercarse al llegar a la vejez por la amenaza de la muerte. En el caso de Paco la muerte llegó mucho antes que la vejez, y Mosén Millán lo recordaba en la sacristía profundamente abstraído mientras esperaba el momento de comenzar la misa. Sonaban todavía las campanas en la torre. El monaguillo dijo, de pronto:

—Mosén Millán, acaba de entrar en la iglesia don Valeriano.

El cura seguía con los ojos cerrados y la cabeza apoyada en el muro. El monaguillo recordaba aún el romance:

> *...en la Pardina del monte*
> *allí encontraron a Paco;*
> *date, date a la justicia,*
> *o aquí mismo te matamos.*

Pero don Valeriano se asomaba ya a la sacristía. «Con permiso», dijo. Vestía como los señores de la ciudad, pero en el chaleco lleva-

ba más botones que de ordinario, y una grue-
sa cadena de oro con varios dijes colgando
que sonaban al andar. Tenía don Valeriano
la frente estrecha y los ojos huidizos. El bi-
gote caía por los lados, de modo que cubría
las comisuras de la boca. Cuando hablaba de
dar dinero usaba la palabra *desembolso,* que
le parecía distinguida. Al ver que Mosén
Millán seguía con los ojos cerrados sin hacer-
le caso, se sentó y dijo:

—Mosén Millán, el último domingo dijo usted en el púlpito que había que olvidar. Olvidar no es fácil, pero aquí estoy el primero.

El cura afirmó con la cabeza sin abrir los
ojos. Don Valeriano, dejando el sombrero
en una silla, añadió:

—Yo la pago, la misa, salvo mejor parecer.
Dígame lo que vale y como esos.

Negó el cura con la cabeza y siguió con los
ojos cerrados. Recordaba que don Valeriano
fue uno de los que más influyeron en el des-
graciado fin de Paco. Era administrador del
duque, y, además, tenía tierras propias. Don
Valeriano, satisfecho de sí, como siempre,
volvía a hablar:

—Ya digo, fuera malquerencias. En esto soy como mi difunto padre.

Mosén Millán oía en su recuerdo la voz de Paco. Pensaba en el día que se casó. No se casó Paco a ciegas, como otros mozos, en una explosión temprana de deseo. Las cosas se hicieron despacio y bien. En primer lugar, la familia de Paco estaba preocupada por las quintas. La probabilidad de que, sacando un número bajo, tuviera que ir al servicio militar los desvelaba a todos. La madre de Paco habló con el cura, y éste aconsejó pedir el favor a Dios y merecerlo con actos edificantes.

La madre propuso a su hijo que al llegar la Semana Santa fuera en la procesión del Viernes con un hábito de penitente, como hacían otros, arrastrando con los pies descalzos dos cadenas atadas a los tobillos. Paco se negó. En años anteriores había visto a aquellos penitentes. Las cadenas que llevaban atadas a los pies tenían, al menos, seis metros de largas, y sonaban sobre las losas o la tierra apelmazada de un modo bronco y terrible. Algunos expiaban así quién sabe qué pecados, y llevaban la cara descubierta por orden del cura, para que todos los vieran. Otros iban simplemente a pedir algún don, y preferían cubrirse el rostro.

Cuando la procesión volvía a la iglesia, al oscurecer, los penitentes sangraban por los tobillos, y al hacer avanzar cada pie recogían el cuerpo sobre el lado contrario y se inclinaban como bestias cansinas. Las canciones de las beatas sobre aquel rumor de hierros producían un contraste muy raro. Y cuando los penitentes entraban en el templo el ruido de las cadenas resonaban más, bajo las bóvedas. Entretanto, en la torre sonaban las matracas.

Paco recordaba que los penitentes viejos llevaban siempre la cara descubierta. Las mujerucas, al verlos pasar, decían en voz baja cosas tremendas.

—Mira —decía la Jerónima—. Ahí va Juan el del callejón de Santa Ana, el que robó a la viuda del sastre.

El penitente sudaba y arrastraba sus cadenas. Otras mujeres se llevaban la mano a la boca, y decían:

—Ése, Juan el de las vacas, es el que echó a su madre polvos de solimán pa' heredarla.

El padre de Paco, tan indiferente a las cosas de religión, había decidido atarse las cadenas a los tobillos. Se cubrió con el hábito negro y la capucha y se ciñó a la cintura el cordón blanco. Mosén Millán no podía comprender, y dijo a Paco:

—No tiene mérito lo de tu padre porque lo hace para no tener que apalabrar un mayoral en el caso de que tú tengas que ir al servicio.

Paco repitió aquellas palabras a su padre, y él, que todavía se curaba con sal y vinagre las lesiones de los tobillos, exclamó:

—Veo que a Mosén Millán le gusta hablar más de la cuenta.

Por una razón u otra, el hecho fue que Paco sacó en el sorteo uno de los números más altos, y que la alegría desbordaba en el hogar, y tenían que disimularla en la calle para no herir con ella a los que habían sacado números bajos.

Lo mejor de la novia de Paco, según los aldeanos, era su diligencia y laboriosidad. Por dos años antes de ser novios, Paco había pasado día tras día al ir al campo frente a la casa de la chica. Aunque era la primera hora del alba, las ropas de cama estaban ya colgadas en las ventanas, y la calle no sólo barrida y limpia, sino regada y fresca en verano. A veces veía también Paco a la muchacha. La saludaba al pasar, y ella respondía. A lo largo de dos años el saludo fue haciéndose un poco más expresivo. Luego cambiaron palabras sobre cosas del campo. En febrero, por ejemplo, ella preguntaba:

—¿Has visto ya las cotovías?

—No, pero no tardarán —respondía Paco— porque ya comienza a florecer la aliaga.

Algún día, con el temor de no hallarla en la puerta o en la ventana antes de llegar, se hacía Paco presente dando voces a las mulas y, si aquello no bastaba, cantando. Hacia la mitad del segundo año, ella —que se llamaba Águeda— lo miraba ya de frente, y le sonreía. Cuando había baile iba con su madre y sólo bailaba con Paco.

Más tarde hubo un incidente bastante sonado. Una noche el alcalde prohibió rondar al saber que había tres rondallas diferentes y rivales, y que podrían producirse violencias. A pesar de la prohibición salió Paco con los suyos, y la pareja de la guardia civil disolvió la ronda, y lo detuvo a él. Lo llevaban *a dormir a la cárcel,* pero Paco echó mano a los fusiles de los guardias y se los quitó. La verdad era que los guardias no podían esperar de Paco —amigo de ellos— una salida así. Paco se fue con los dos rifles a casa. Al día siguiente todo el pueblo sabía lo ocurrido, y Mosén Millán fue a ver al mozo, y le dijo que el hecho era grave, y no sólo para él, sino para todo el vecindario.

—¿Por qué? —preguntaba Paco.

Recordaba Mosén Millán que había habido un caso parecido en otro pueblo, y que el Gobierno condenó al municipio a estar sin guardia civil durante diez años.

—¿Te das cuenta? —le decía el cura, asustado.

—A mí no me importa estar sin guardia civil.

—No seas badulaque.

—Digo la verdad, Mosén Millán.

—¿Pero tú crees que sin guardia civil se podría sujetar a la gente? Hay mucha maldad en el mundo.

—No lo creo.

—¿Y la gente de las cuevas?

—En lugar de traer guardia civil, se podían quitar las cuevas, Mosén Millán.

—Iluso. Eres un iluso.

Entre bromas y veras el alcalde recuperó los fusiles y echó tierra al asunto. Aquel incidente dio a Paco cierta fama de mozo atrevido. A Águeda le gustaba, pero le daba una inseguridad temerosa.

Por fin, Águeda y Paco se dieron palabra de matrimonio. La novia tenía más nervio que su suegra, y aunque se mostraba humilde y respetuosa, no se entendían bien. Solía decir la madre de Paco:

—Agua mansa. Ten cuidado, hijo, que es agua mansa.

Pero Paco lo echaba a broma. Celos de madre. Como todos los novios, rondó la calle por la noche, y la víspera de San Juan llenó de flores y ramos verdes las ventanas, la puerta, el tejado y hasta la chimenea de la casa de la novia.

La boda fue como todos esperaban. Gran comida, música y baile. Antes de la ceremonia muchas camisas blancas estaban ya manchadas de vino al obstinarse los campesinos en beber en bota. Las esposas protestaban, y ellos decían riendo que había que emborrachar las camisas para darlas después a los pobres. Con esa expresión —darlas a los pobres— se hacían la ilusión de que ellos no lo eran.

Durante la ceremonia, Mosén Millán hizo a los novios una plática. Le recordó a Paco que lo había bautizado y confirmado, y dado la primera comunión. Sabiendo que los dos novios eran tibios en materia de religión, les recordaba también que la iglesia era la madre común y la fuente no sólo de la vida temporal, sino de la vida eterna. Como siempre, en las bodas algunas mujeres lloraban y se sonaban ruidosamente.

Mosén Millán dijo otras muchas cosas, y la última fue la siguiente : «Este humilde ministro del Señor ha bendecido vuestro lecho natal, bendice en este momento vuestro lecho nupcial —hizo en el aire la señal de la Cruz—, y bendecirá vuestro lecho mortal, si Dios lo dispone así. *In nomine Patris et Filii...*».

Eso del lecho mortal le pareció a Paco que no venía al caso. Recordó un instante los estertores de aquel pobre hombre a quien llevó la unción siendo niño. (Era el único lecho mortal que había visto). Pero el día no era para tristezas.

Terminada la ceremonia salieron. A la puerta les esperaba una rondalla de más de quince músicos con guitarras, bandurrias, requintos, hierros y panderetas, que comenzó a tocar rabiosamente. En la torre, el cimbal más pequeño volteaba.

Una mozuela decía viendo pasar la boda, con un cántaro en el anca:

—¡Todas se casan, y yo, mira!

La comitiva fue a la casa del novio. Las consuegras iban lloriqueando aún. Mosén Millán, en la sacristía, se desvistió de prisa para ir cuanto antes a participar de la fiesta. Cerca de la casa del novio encontró al zapatero, vestido de gala. Era pequeño, y como casi todos los del oficio, tenía anchas caderas. Mosén Millán, que tuteaba a todo el mundo, lo trataba a él de usted. Le preguntó si había estado en la casa de Dios.

—Mire, Mosén Millán. Si aquello es la casa de Dios, yo no merezco estar allí, y si no lo es, ¿para qué?

El zapatero encontró todavía antes de separarse del cura un momento para decirle algo de veras extravagante. Le dijo que sabía de buena tinta que en Madrid el rey se tambaleaba, y que si caía, muchas cosas iban a caer con él. Como el zapatero olía a vino, el cura no le hizo mucho caso. El zapatero repetía con una rara alegría:

—En Madrid pintan bastos, señor cura.

Podía haber algo de verdad, pero el zapatero hablaba fácilmente. Sólo había una persona que en eso se le pudiera igualar: la Jerónima.

Era el zapatero como un viejo gato, ni amigo ni enemigo de nadie, aunque con todos hablaba. Mosén Millán recordaba que el periódico de la capital de la provincia no disimulaba su alarma ante lo que pasaba en Madrid. Y no sabía qué pensar.

Veía el cura a los novios solemnes, a los invitados jóvenes ruidosos, y a los viejos discretamente alegres. Pero no dejaba de pensar en las palabras del zapatero. Éste se había puesto, según dijo, el traje que llevó en su misma boda, y por eso olía a alcanfor. A su alrededor se agrupaban seis u ocho invitados, los menos adictos a la parroquia. Debía estar hablándoles —pensaba Mosén Millán— de la próxima caída del rey y de que en Madrid *pintaban bastos*.

Comenzaron a servir vino. En una mesa había pimientos en adobo, hígado de pollo y rabanitos en vinagre para abrir el apetito. El zapatero se servía mientras elegía entre las botellas que había al lado. La madre del novio le dijo indicándole una :

—Este vino es de los que raspan.

En la sala de al lado estaban las mesas. En la cocina, la Jerónima arrastraba su pata reumática.

Era ya vieja, pero hacía reír a la gente joven :

—No me dejan salir de la cocina —decía— porque tienen miedo de que con mi aliento agrie el vino. Pero me da igual. En la cocina está lo bueno. Yo también sé vivir. No me casé, pero por detrás de la iglesia tuve todos los hombres que se me antojaban. Soltera, soltera, pero con la llave en la gatera.

Las chicas reían escandalizadas.

Entraba en la casa el señor Cástulo Pérez. Su presencia causó sensación porque no lo esperaban. Llegaba con dos floreros de porcelana envueltos en papel y cuidadosamente atados con una cinta. «No sé qué es esto —dijo dándoselos a la madre de la novia—. Cosas de la dueña.» Al ver al cura se le acercó:

—Mosén Millán, parece que en Madrid van a darle la vuelta a la tortilla.

Del zapatero se podía dudar, pero refrendado por el señor Cástulo, no. Y éste, que era hombre prudente, buscaba, al parecer, el arrimo de Paco el del Molino. ¿Con qué fin? Había oído el cura hablar de elecciones. A las preguntas del cura, el señor Cástulo decía evasivo: «Un *runrún* que corre». Luego, dirigiéndose al padre del novio, gritó con alegría:

—Lo importante no es si ponen o quitan rey, sino saber si la rosada mantiene el tempero de las viñas. Y si no, que lo diga Paco.

—Bien que le importan a Paco las viñas en un día como hoy —dijo alguien.

Con sus apariencias simples, el señor Cástulo era un carácter fuerte. Se veía en sus ojos fríos y escrutadores. Al dirigirse al cura antes de decir lo que se proponía hacía un preámbulo: «Con los respetos debidos...». Pero se veía que esos respetos no eran muchos.

Iban llegando nuevos invitados y parecían estar ya todos.

Sin darse cuenta habían ido situándose por jerarquías sociales. Todos de pie, menos el sacerdote, se alineaban contra el muro, alrededor de la sala. La importancia de cada cual —según las propiedades que tenía— determinaba su proximidad o alejamiento de la cabecera del cuarto en donde había dos mecedoras y una vitrina con mantones de Manila y abanicos de nácar, de los que la familia estaba orgullosa.

Al lado, en una mecedora, Mosén Millán. Cerca los novios, de pie, recibiendo los parabienes de los que llegaban, y tratando con el dueño del único automóvil de alquiler que había en la aldea el precio del viaje hasta la estación del ferrocarril. El dueño del coche, que tenía la contrata del servicio de correos, decía que le prohibían llevar al mismo tiempo más de dos viajeros, y tenía uno apalabrado, de modo que serían tres si llevaba a los novios. El señor Cástulo intervino, y ofreció llevarlos en su automóvil. Al oír este ofrecimiento, el cura puso atención. No creía que Cástulo fuera tan amigo de la casa.

Aprovechando las idas y venidas de las mozas que servían, la Jerónima enviaba algún mensaje vejatorio al zapatero, y éste explicaba a los más próximos :

—La Jerónima y yo tenemos un telégrafo amoroso.

En aquel momento una rondalla rompía a tocar en la calle.

Alguien cantó :

> En los ojos de los novios
> relucían dos luceros;
> ella es la flor de la ontina,
> y él es la flor del romero.

La segunda canción después de un largo espacio de alegre jota de baile volvía a aludir a la boda, como era natural :

> Viva Paco el del Molino
> y Águeda la del buen garbo,
> que ayer eran sólo novios,
> y ahora son ya desposados.

La rondalla siguió con la energía con que suelen tocar los campesinos de manos rudas y corazón caliente. Cuando creyeron que habían tocado bastante, fueron entrando. Formaron grupo al lado opuesto de la cabecera del salón, y estuvieron bebiendo y charlando. Después pasaron todos al comedor.

En la presidencia se instalaron los novios, los padrinos, Mosén Millán, el señor Cástulo y algunos otros labradores acomodados. El cura hablaba de la infancia de Paco y contaba sus diabluras, pero también su indignidad contra los búhos que mataban por la noche a los gatos extraviados, y su deseo de obligar a todo el pueblo a visitar a los pobres de las cuevas y a ayudarles. Hablando de esto vio en los ojos de Paco una seriedad llena de dramáticas reservas, y entonces el cura cambió de tema, y recordó con benevolencia el incidente del revólver, y hasta sus aventuras en la plaza del agua.

No faltó en la comida la perdiz en adobo ni la trucha al horno, ni el capón relleno. Iban de mano en mano porrones, botas, botellas, con vinos de diferentes cosechas.

La noticia de la boda llegó al carasol, donde las viejas hilanderas bebieron a la salud de los novios el vino que llevaron la Jerónima y el zapatero. Éste se mostraba más alegre y libre de palabra que otras veces, y decía que los curas son las únicas personas a quienes todo el mundo llama padre, menos sus hijos, que los llaman tíos.

Las viejas aludían a los recién casados:

—Frescas están ya las noches.

—Lo propio para dormir con compañía.

Una decía que cuando ella se casó había nieve hasta la rodilla.

—Malo para el novio —dijo otra.

—¿Por qué?

—Porque tendría sus noblezas escondidas en los riñones, con la helada.

—Eh, tú, culo de hanega. Cuando enviudes, échame un parte —gritó la Jerónima.

El zapatero, con más deseos de hacer reír a la gente que de insultar a la Jerónima, fue diciéndole una verdadera letanía de desvergüenzas:

Cállate, penca del diablo, pata de afilador, albarda, zurupeta, tía chamusca, estropajo. Cállate, que te traigo una buena noticia: Su Majestad el rey va envidao y se lo lleva la trampa.

—¿Y a mí qué?

—Que en la república no empluman a las brujas.

Ella decía de sí misma que volaba en una escoba, pero no permitía que se lo dijeran los demás. Iba a responder cuando el zapatero continuó:

—Te lo digo a ti, zurrapa, trotona, chirigaita, mochilera, trasgo, pendón, zancajo, pinchatripas, ojisucia, mocarra, fuina...

La ensalmadora se apartaba mientras él la seguía con sus dicharachos. Las viejas del carasol reventaban de risa, y antes de que llegaran las reacciones de la Jerónima, que estaba confusa, decidió el zapatero retirarse victorioso. Por el camino tendía la oreja a ver lo que decían detrás. Se oía la voz de la Jerónima:

—¿Quién iba a decirme que ese monicaco tenía tantas *dijendas* en el estómago?

Y volvían a hablar de los novios. Paco era el mozo *mejor plantao* del pueblo, y se había llevado la novia que merecía. Volvían a aludir a la noche de novios con expresiones salaces.

Siete años después, Mosén Millán recordaba la boda sentado en el viejo sillón de la sacristía. No abría los ojos para evitarse la molestia de hablar con don Valeriano, el alcalde. Siempre le había sido difícil entenderse con él porque aquel hombre no escuchaba jamás.

Se oían en la iglesia las botas de campo de don Gumersindo. No había en la aldea otras botas como aquellas, y Mosén Millán supo que era él mucho antes de llegar a la sacristía. Iba vestido de negro, y al ver al cura con los ojos cerrados, habló en voz baja para saludar a don Valeriano. Pidió permiso para fumar, y sacó la petaca. Entonces, Mosén Millán abrió los ojos.

—¿Ha venido alguien más? —preguntó.

—No, señor —dijo don Gumersindo disculpándose como si tuviera él la culpa—. No he visto como el que dice un alma en la iglesia.

Mosén Millán parecía muy fatigado, y volvió a cerrar los ojos y a apoyar la cabeza en el muro. En aquel momento entró el monaguillo, y don Gumersindo le preguntó:

—Eh, zagal. ¿Sabes por quién es la misa?

El chico recurrió al romance en lugar de responder:

> —Ya lo llevan cuesta arriba
> camino del camposanto...

—No lo digas todo, zagal, porque aquí, el alcalde, te llevará a la cárcel.

El monaguillo miró a don Valeriano, asustado. Éste, la vista perdida en el techo, dijo:

—Cada broma quiere su tiempo y lugar.

Se hizo un silencio penoso. Mosén Millán abrió los ojos otra vez, y se encontró con los de don Gumersindo, que murmuraba:

—La verdad es que no sé si sentirme con lo que dice.

El cura intervino diciendo que no había razón para *sentirse*. Luego ordenó al monaguillo que saliera a la plaza a ver si había gente esperando para la misa. Solía quedarse allí algún grupo hasta que las campanas acababan de tocar. Pero el cura quería evitar que el monaguillo dijera la parte del romance en la que se hablaba de él:

aquel que lo bautizara,
Mosén Millán el nombrado,
en confesión desde el coche
le escuchaba los pecados.

Estaba don Gumersindo siempre hablando de su propia bondad —*como el que dice*—

y de la gente desagradecida que le devolvía mal por bien. Eso le parecía especialmente adecuado delante del cura y de don Valeriano en aquel momento. De pronto tuvo un arranque generoso:

—Mosén Millán. ¿Me oye, señor cura? Aquí hay dos duros para la misa de hoy.

El sacerdote abrió los ojos, somnolente, y advirtió que el mismo ofrecimiento había hecho don Valeriano, pero que le gustaba decir la misa sin que nadie la pagara. Hubo un largo silencio. Don Valeriano arrollaba su cadena en el dedo índice y luego la dejaba resbalar. Los dijes sonaban. Uno tenía un rizo de pelo de su difunta esposa. Otro, una reliquia del santo P. Claret heredada de su bisabuelo. Hablaba en voz baja de los precios de la lana y del cuero, sin que nadie le contestara.

Mosén Millán, con los ojos cerrados, recordaba aún el día de la boda de Paco. En el comedor, una señora había perdido un pendiente, y dos hombres andaban a cuatro manos buscándolo. Mosén Millán pensaba que en las bodas siempre hay una mujer a quien se le cae un pendiente, y lo busca, y no lo encuentra.

La novia, perdida la palidez de la primera hora de la mañana —por el insomnio de la noche anterior—, había recobrado sus colores. De vez en cuando consultaba el novio la hora. Y a media tarde se fueron a la estación conducidos por el mismo señor Cástulo.

La mayor parte de los invitados habían salido a la calle a despedir a los novios con vítores y bromas. Muchos desde allí volvieron a sus casas. Los más jóvenes fueron al baile.

Se entretenía Mosén Millán con aquellas memorias para evitar oír lo que decían don Gumersindo y don Valeriano, quienes hablaban, como siempre, sin escucharse el uno al otro.

Tres semanas después de la boda volvieron Paco y su mujer, y el domingo siguiente se celebraron elecciones. Los nuevos concejales eran jóvenes, y con excepción de algunos, según don Valeriano, gente baja. El padre de Paco vio de pronto que todos los que con él habían sido elegidos se consideraban contrarios al duque y *echaban roncas* contra el sistema de arrendamientos de pastos. Al saber esto Paco el del Molino, se sintió feliz, y creyó por vez primera que la política valía para algo. «Vamos a quitarle la hierba al duque», repetía.

El resultado de la elección dejó a todos un poco extrañados. El cura estaba perplejo. Ni uno solo de los concejales se podía decir que fuera hombre de costumbres religiosas. Llamó a Paco, y le preguntó:

—¿Qué es eso que me han dicho de los montes del duque?

—Nada —dijo Paco—. La verdad. Vienen tiempos nuevos, Mosén Millán.

—¿Qué novedades son esas?

—Pues que el rey se va con la música a otra parte, y lo que yo digo: buen viaje.

Pensaba Paco que el cura le hablaba a él porque no se atrevía a hablarle de aquello a su padre. Añadió:

—Diga la verdad, Mosén Millán. Desde aquel día que fuimos a la cueva a llevar el santolio sabe usted que yo y otros cavilamos para remediar esa vergüenza. Y más ahora que se ha presentado la ocasión.

—¿Qué ocasión? Eso se hace con dinero. ¿De dónde vais a sacarlo?

—Del duque. Parece que a los duques les ha llegado su San Martín.

—Cállate, Paco. Yo no digo que el duque tenga siempre razón. Es un ser humano tan falible como los demás, pero hay que andar en esas cosas con pies de plomo, y no alborotar a la gente ni remover las bajas pasiones.

Las palabras del joven fueron comentadas en el carasol. Decían que Paco había dicho al cura : «A los reyes, a los duques y a los curas los vamos a pasar a cuchillo, como a los cerdos por San Martín». En el carasol siempre se exageraba.

Se supo de pronto que el rey había huido de España. La noticia fue tremenda para don Valeriano y para el cura. Don Gumersindo no quería creerla, y decía que eran cosas del zapatero. Mosén Millán estuvo dos semanas sin salir de la abadía, yendo a la iglesia por la puerta del huerto y evitando hablar con nadie. El primer domingo fue mucha gente a misa esperando la reacción de Mosén Millán, pero el cura no hizo la menor alusión. En vista de esto el domingo siguiente estuvo el templo vacío.

Paco buscaba al zapatero, y lo encontraba taciturno y reservado.

Entretanto, la bandera tricolor flotaba al aire

en el balcón de la casa consistorial y encima de la puerta de la escuela. Don Valeriano y don Gumersindo no aparecían por ningún lado, y Cástulo buscaba a Paco, y se exhibía con él, pero jugaba con dos barajas, y cuando veía al cura le decía en voz baja:

—¿A dónde vamos a parar, Mosén Millán?

Hubo que repetir la elección en la aldea porque había habido incidentes que, a juicio de don Valeriano, la hicieron ilegal. En la segunda elección el padre de Paco cedió el puesto a su hijo. El muchacho fue elegido.

En Madrid suprimieron los *bienes de señorío,* de origen medioeval y los incorporaron a los municipios. Aunque el duque alegaba que sus montes no entraban en aquella clasificación, las cinco aldeas acordaron, por iniciativa de Paco, no pagar mientras los tribunales decidían. Cuando Paco fue a decírselo a don Valeriano, éste se quedó un rato mirando al techo y jugando con el guardapelo de la difunta. Por fin se negó a darse por enterado, y pidió que el municipio se lo comunicara por escrito.

La noticia circuló por el pueblo. En el carasol se decía que Paco había amenazado a don

Valeriano. Atribuían a Paco todas las arrogancias y desplantes a los que no se atrevían los demás. Querían en el carasol a la familia de Paco y a otras del mismo tono cuyos hombres, aunque tenían tierras, trabajaban de sol a sol. Las mujeres del carasol iban a misa, pero se divertían mucho con la Jerónima cuando cantaba aquella canción que decía:

el cura le dijo al ama
que se acostara a los pies.

No se sabía exactamente lo que planeaba el ayuntamiento «en favor de los que vivían en las cuevas», pero la imaginación de cada cual trabajaba, y las esperanzas de la gente humilde crecían. Paco había tomado muy en serio el problema, y las reuniones del municipio no trataban de otra cosa.

Paco envió a don Valeriano el acuerdo del municipio, y el administrador lo transmitió a su amo. La respuesta telegráfica del duque fue la siguiente: *Doy orden a mis guardas de que vigilen mis montes, y disparen sobre cualquier animal o persona que entre en ellos. El municipio debe hacerlo pregonar para evitar*

la pérdida de bienes o de vidas humanas. Al
leer esta respuesta, Paco propuso al alcalde
que los guardas fueran destituidos, y que les
dieran un cargo mejor retribuido en el sin-
dicato de riegos, en la huerta. Estos guardas
no eran más que tres, y aceptaron contentos.
Sus carabinas fueron a parar a un rincón del
salón de sesiones, y los ganados del pueblo
entraban en los montes del duque sin dificultad.

Don Valeriano, después de consultar varias
veces con Mosén Millán, se arriesgó a llamar
a Paco, quien acudió a su casa. Era la de
don Valeriano grande y sombría, con balco-
nes volados y puerta cochera. Don Valeriano
se había propuesto ser conciliador y razona-
ble, y lo invitó a merendar. Le habló del
duque de una manera familiar y ligera. Sabía
que Paco solía acusarlo de no haber estado
nunca en la aldea, y eso no era verdad. Tres
veces había ido en los últimos años a ver sus
propiedades, pero no hizo noche en aquel
pueblo, sino en el de al lado. Y aun se acordaba don Valeriano de que cuando el señor
duque y la señora duquesa hablaban con el
guarda más viejo, y éste escuchaba con el som-

brero en la mano, sucedió una ocurrencia
memorable. La señora duquesa le preguntaba
al guarda por cada una de las personas de su
familia, y al preguntarle por el hijo mayor,
don Valeriano se acordaba de las mismas palabras del guarda, y las repetía:

—¿Quién, Miguel? —dijo el guarda—. ¡Tó-
quele vuecencia los cojones a Miguelico, que
está en Barcelona ganando nueve pesetas dia-
rias!

Don Valeriano reía. También rió Paco, aunque de pronto se puso serio, y dijo:

—La duquesa puede ser buena persona, y en
eso no me meto. Del duque he oído cosas de
más y de menos. Pero nada tiene que ver con
nuestro asunto.

—Eso es verdad. Pues bien, yendo al asunto,
parece que el señor duque está dispuesto a negociar con usted —dijo don Valeriano.

—¿Sobre el monte? —don Valeriano afirmó
con el gesto—. No hay que negociar, sino
bajar la cabeza.

Don Valeriano no decía nada, y Paco se atrevió a añadir:

—Parece que el duque templa muy a lo an-
tiguo.

Seguía don Valeriano en silencio, mirando al techo.

—Otra jota cantamos por aquí —añadió Paco.

Por fin habló don Valeriano:

—Hablas de bajar la cabeza. ¿Quién va a bajar la cabeza? Sólo la bajan los cabestros.

—Y los hombres honrados cuando hay una ley.

—Ya lo veo, pero el abogado del señor duque piensa de otra manera. Y hay leyes y leyes.

Duque→

Paco se sirvió vino diciendo entre dientes: _con permiso._ Esta pequeña·libertad ofendió a don Valeriano, quien sonrió, y dijo: _sírvase,_ cuando Paco había llenado ya su vaso.

Volvió Paco a preguntar:

—¿De qué manera va a negociar el duque? No hay más que dejar los montes, y no volver a pensar en el asunto.

Don Valeriano miraba el vaso de Paco, y se atusaba despacio los bigotes, que estaban tan lamidos y redondeados, que parecían postizos. Paco murmuró:

—Habría que ver qué papeles tiene el duque sobre esos montes. ¡Si es que tiene alguno!

Don Valeriano estaba irritado:

74

—También en eso te equivocas. Son muchos siglos de usanza, y eso tiene fuerza. No se deshace en un día lo que se ha hecho en cuatrocientos años. Los montes no son botellicas de vino —añadió viendo que Paco volvía a servirse—, sino fuero. Fuero de reyes.

—Lo que hicieron los hombres, los hombres lo deshacen, creo yo.

—Sí, pero de hombre a hombre va algo.

Paco negaba con la cabeza.

—Sobre este asunto —dijo bebiendo el segundo vaso y chascando la lengua— dígale al duque que si tiene tantos derechos, puede venir a defenderlos él mismo, pero que traiga un rifle nuevo, porque los de los guardas los tenemos nosotros.

—Paco, parece mentira. ¿Quién iba a pensar que un hombre con un jaral y un par de mulas tuviera aliento para hablar así? Después de esto no me queda nada que ver en el mundo.

Terminada la entrevista, cuyos términos comunicó don Valeriano al duque, éste volvió a enviar órdenes, y el administrador, cogido entre dos fuegos, no sabía qué hacer, y acabó por marcharse del pueblo después de ver a

Mosén Millán, contarle a su manera lo sucedido y decirle que el pueblo se gobernaba por las *dijendas* del carasol. Atribuía a Paco amenazas e insultos e insistía mucho en aquel detalle de la botella y el vaso. El cura unas veces le escuchaba y otras no.

Mosén Millán movía la cabeza con lástima recordando todo aquello desde su sacristía. Volvía el monaguillo a apoyarse en el quicio de la puerta, y como no podía estar quieto, frotaba una bota contra la otra, y mirando al cura recordaba todavía el romance :

> *Entre cuatro lo llevaban*
> *adentro del camposanto,*
> *madres, las que tenéis hijos,*
> *Dios os los conserva sanos,*
> *y el Santo Ángel de la Guarda...*

El romance hablaba luego de otros reos que murieron también entonces, pero el monaguillo no se acordaba de los nombres. Todos habían sido asesinados en aquellos mismos días. Aunque el romance no decía eso, sino *ejecutados*.

Mosén Millán recordaba. En los últimos tiempos la fe religiosa de don Valeriano se había debilitado bastante. Solía decir que un Dios que permitía lo que estaba pasando, no merecía tantos miramientos. El cura le oía fatigado. Don Valeriano había regalado años atrás una verja de hierro de forja para la capilla del Cristo, y el duque había pagado los gastos de reparación de la bóveda del templo dos veces. Mosén Millán no conocía el vicio de la ingratitud.

En el carasol se decía que con el arriendo de pastos, cuyo dinero iba al municipio, se hacían planes para mejorar la vida de la aldea. Bendecían a Paco el del Molino, y el elogio más frecuente entre aquellas viejecillas del carasol era decir que *los tenía bien puestos*.

En el pueblo de al lado estaban canalizando el agua potable y llevándola hasta la plaza. Paco el del Molino tenía otro plan —su pueblo no necesitaba ya aquella mejora—, y pensaba en las cuevas, a cuyos habitantes imaginaba siempre agonizando entre estertores, sin luz, ni fuego, ni agua. Ni siquiera aire que respirar.

En los terrenos del duque había una ermita cuya festividad se celebraba un día del verano, con romería. Los romeros hacían ese día regalos al sacerdote, y el municipio le pagaba la misa. Aquel año se desentendió el alcalde, y los campesinos siguieron su ejemplo. Mosén Millán llamó a Paco, quien le dijo que todo obedecía a un acuerdo del ayuntamiento.

—¿El ayuntamiento, dices? ¿Y qué es el ayuntamiento? —preguntaba el cura, irritado.

Paco sentía ver a Mosén Millán tan fuera de sí, y dijo que como aquellos terrenos de la ermita habían sido del duque, y la gente estaba contra él, se comprendía la frialdad del pueblo con la romería. Mosén Millán dijo en un momento de pasión:

—¿Y quién eres tú para decirle al duque que si viene a los montes, no dará más de tres pasos porque lo esperarás con la carabina de uno de los guardas? ¿No sabes que eso es una amenaza criminal?

Paco no había dicho nada de aquello. Don Valeriano mentía. Pero el cura no quería oír las razones de Paco.

En aquellos días el zapatero estaba nervioso y desorientado. Cuando le preguntaban, decía:

—Tengo barruntos.

Se burlaban de él en el carasol, pero el zapatero decía :

—Si el cántaro da en la piedra, o la piedra en el cántaro, mal para el cántaro.

Esas palabras misteriosas no aclaraban gran cosa la situación. El zapatero se había pasado la vida esperando aquello, y al verlo llegar, no sabía qué pensar ni qué hacer. Algunos concejales le ofrecieron el cargo de juez de riegos —para resolver los problemas de competencia en el uso de las aguas de la acequia principal.

—Gracias —dijo él—, pero yo me atengo al refrán que dice : zapatero a tus zapatos.

Poco a poco se fue acercando al cura. El zapatero tenía que estar contra el que mandaba, no importaba la doctrina o el color. Don Gumersindo se había marchado también a la capital de la provincia, lo que molestaba bastante al cura. Éste decía :

—Todos se van, pero yo, aunque pudiera, no me iría. Es una deserción.

A veces el cura parecía tratar de entender a Paco, pero de pronto comenzaba a hablar de la falta de respeto de la población y de su pro-

martyrdom

pio martirio. Sus discusiones con Paco siempre acababan en eso: en ofrecerse como víctima propiciatoria. Paco reía:

—Pero si nadie quiere matarle, Mosén Millán.

La risa de Paco ponía al cura frenético, y dominaba sus nervios con dificultad.

Cuando la gente comenzaba a olvidarse de don Valeriano y don Gumersindo, éstos volvieron de pronto a la aldea. Parecían seguros de sí, y celebraban conferencias con el cura, a diario. El señor Cástulo se acercaba, curioso, pero no podía averiguar nada. No se fiaban de él.

Un día del mes de julio la guardia civil de la aldea se marchó con órdenes de concentrarse —según decían— en algún lugar a donde acudían las fuerzas de todo el distrito. Los concejales sentían alguna amenaza en el aire, pero no podían concretarla.

Llegó a la aldea un grupo de señoritos con vergas y con pistolas. Parecían personas de poco más o menos, y algunos daban voces histéricas. Nunca habían visto gente tan desvergonzada. Normalmente a aquellos tipos rasurados y finos como mujeres los llamaban en el carasol *pijaitos,* pero lo primero que hicieron fue dar una paliza tremenda al zapatero, sin que le valiera para nada su neutralidad. Luego mataron a seis campesinos —entre ellos cuatro de los que vivían en las cuevas— y dejaron sus cuerpos en las cunetas de la carretera entre el pueblo y el carasol. Como los perros acudían a lamer la sangre, pusieron a uno de los guardas del duque de vigilancia para alejarlos. Nadie preguntaba. Nadie comprendía. No había guardias civiles que salieran al paso de los forasteros.

En la iglesia, Mosén Millán anunció que estaría *El Santísimo* expuesto día y noche, y después protestó ante don Valeriano —al que los señoritos habían hecho alcalde— de que hubieran matado a los seis campesinos sin darles tiempo para confesar. El cura se pasaba el día y parte de la noche rezando.

El pueblo estaba asustado, y nadie sabía qué hacer. La Jerónima iba y venía, menos locuaz que de costumbre. Pero en el carasol insultaba a los señoritos forasteros, y pedía para ellos tremendos castigos. Esto no era obstáculo para que cuando veía al zapatero le hablara de leña, de *bandeo,* de varas de medir y de otras cosas que aludían a la paliza. Preguntaba por Paco, y nadie sabía darle razón. Había desaparecido, y lo buscaban, eso era todo.

Al día siguiente de haberse burlado la Jerónima del zapatero, éste apareció muerto en el camino del carasol con *la cabeza volada*. La pobre mujer fue a ponerle encima una sábana, y después se encerró en su casa, y estuvo tres días sin salir. Luego volvió a asomarse a la calle poco a poco, y hasta se acercó al carasol, donde la recibieron con reproches e insultos. La Jerónima lloraba (nadie la había visto llorar nunca), y decía que merecía que la mataran a pedradas, como a una culebra.

Pocos días más tarde, en el carasol, la Jerónima volvía a sus bufonadas mezclándolas con juramentos y amenazas.

Nadie sabía cuándo mataban a la gente. Es decir, lo sabían, pero nadie los veía. Lo hacían por la noche, y durante el día el pueblo parecía en calma.

Entre la aldea y el carasol habían aparecido abandonados cuatro cadáveres más, los cuatro de concejales.

Muchos de los habitantes estaban fuera de la aldea segando. Sus mujeres seguían yendo al carasol, y repetían los nombres de los que iban cayendo. A veces rezaban, pero después se ponían a insultar con voz recelosa a las mujeres de los ricos, especialmente a la Valeriana y a la Gumersinda. La Jerónima decía que la peor de todas era la mujer de Cástulo, y que por ella habían matado al zapatero.

—No es verdad —dijo alguien—. Es porque el zapatero dicen que era agente de Rusia. Nadie sabía qué era la Rusia, y todos pensaban en la yegua roja de la tahona, a la que llamaban así. Pero aquello no tenía sentido. Tampoco lo tenía nada de lo que pasaba en el pueblo. Sin atreverse a levantar la voz comenzaban con sus *dijendas*:

—La Cástula es una verruga peluda.

—Una estaferma.

La Jerónima no se quedaba atrás:

—Un escorpión cebollero.

—Una liendre sebosa.

—Su casa —añadía la Jerónima— huele a fogón meado.

Había oído decir que aquellos señoritos de

la ciudad iban a matar a todos los que habían votado contra el rey. La Jerónima, en medio de la catástrofe, percibía algo mágico y sobrenatural, y sentía en todas partes el olor de sangre. Sin embargo, cuando desde el carasol oía las campanas y a veces el yunque del herrero haciendo contrapunto, no podía evitar algún meneo y bandeo de sayas. Luego maldecía otra vez, y llamaba *patas puercas* a la Gumersinda. Trataba de averiguar qué había sido de Paco el del Molino, pero nadie sabía sino que lo buscaban. La Jerónima se daba por enterada, y decía:

—A ese buen mozo no lo atraparán así como así.

Aludía otra vez a las cosas que había visto cuando de niño le cambiaba los pañales.

Desde la sacristía, Mosén Millán recordaba la horrible confusión de aquellos días, y se sentía atribulado y confuso. Disparos por la noche, sangre, malas pasiones, habladurías, procacidades de aquella gente forastera, que, sin embargo, parecía educada. Y don Valeriano se lamentaba de lo que sucedía y al mismo tiempo empujaba a los señoritos de la ciudad a matar más gente. Pensaba el cura en Paco. Su padre estaba en aquellos días en casa. Cástulo Pérez lo había garantizado diciendo que era *trigo limpio*. Los otros ricos no se atrevían a hacer nada contra él esperando echarle mano al hijo.

Nadie más que el padre de Paco sabía dónde su hijo estaba. Mosén Millán fue a su casa.

—Lo que está sucediendo en el pueblo —dijo— es horrible y no tiene nombre.

El padre de Paco lo escuchaba sin responder, un poco pálido. El cura siguió hablando. Vio ir y venir a la joven esposa como una sombra, sin reír ni llorar. Nadie lloraba y nadie reía en el pueblo. Mosén Millán pensaba que sin risa y sin llanto la vida podía ser horrible como una pesadilla.

Por uno de esos movimientos en los que la amistad tiene a veces necesidad de mostrarse meritoria, Mosén Millán dio la impresión de que sabía dónde estaba escondido Paco. Dando a entender que lo sabía, el padre y la esposa tenían que agradecerle su silencio. No dijo el cura concretamente que lo supiera, pero lo dejó entender. La ironía de la vida quiso que el padre de Paco cayera en aquella trampa. Miró al cura pensando precisamente

lo que Mosén Millán quería que pensara:
«Si lo sabe, y no ha ido con el soplo, es un
hombre honrado y enterizo». Esta reflexión
le hizo sentirse mejor.

A lo largo de la conversación el padre de
Paco reveló el escondite del hijo, creyendo
que no decía nada nuevo al cura. Al oírlo,
Mosén Millán recibió una tremenda impresión. «Ah —se dijo—, más valdría que no
me lo hubiera dicho. ¿Por qué he de saber
yo que Paco está escondido en las Pardinas?»
Mosén Millán tenía miedo, y no sabía concretamente de qué. Se marchó pronto, y estaba deseando verse ante los forasteros de las
pistolas para demostrarse a sí mismo su ente-
reza y su lealtad a Paco. Así fue. En vano
estuvieron el centurión y sus amigos hablando con él toda la tarde. Aquella noche Mosén Millán rezó y durmió con una calma que
hacía tiempo no conocía.

Al día siguiente hubo una reunión en el ayuntamiento, y los forasteros hicieron discursos
y dieron grandes voces. Luego quemaron la
bandera tricolor y obligaron a acudir todos
los vecinos del pueblo y a saludar levantando
el brazo cuando lo mandaba el centurión.

Éste era un hombre con cara bondadosa y gafas oscuras. Era difícil imaginar a aquel hombre matando a nadie. Los campesinos creían que aquellos hombres que hacían gestos innecesarios y juntaban los tacones y daban gritos estaban mal de la cabeza, pero viendo a Mosén Millán y a don Valeriano sentados en lugares de honor, no sabían qué pensar. Además de los asesinatos, lo único que aquellos hombres habían hecho en el pueblo era devolver los montes al duque.

Dos días después don Valeriano estaba en la abadía frente al cura. Con los dedos pulgares en las sisas del chaleco —lo que hacía más ostensibles los dijes— miraba al sacerdote a los ojos.

—Yo no quiero el mal de nadie, como quien dice, pero, ¿no es Paco uno de los que más se han señalado? Es lo que yo digo, señor cura: por menos han caído otros.

Mosén Millán decía:

—Déjelo en paz. ¿Para qué derramar más sangre?

Y le gustaba, sin embargo, dar a entender que sabía dónde estaba escondido. De ese modo mostraba al alcalde que era capaz de nobleza y lealtad. La verdad era que buscaban a Paco frenéticamente. Habían llevado a su casa perros de caza que *tomaron el viento* con sus ropas y zapatos viejos.

El centurión de la cara bondadosa y las gafas oscuras llegó en aquel momento con dos más, y habiendo oído las palabras del cura, dijo :

—No queremos reblandecidos mentales. Estamos limpiando el pueblo, y el que no está con nosotros está en contra.

—¿Ustedes creen —dijo Mosén Millán— que soy un reblandecido mental?

Entonces todos se pusieron razonables.

—Las últimas ejecuciones —decía el centurión— se han hecho sin privar a los reos de nada. Han tenido hasta la extremaunción. ¿De qué se queja usted?

Mosén Millán hablaba de algunos hombres honrados que habían caído, y de que era necesario acabar con aquella locura.

—Diga usted la verdad —dijo el centurión sacando la pistola y poniéndola sobre la mesa—. Usted sabe dónde se esconde Paco el del Molino.

Mosén Millán pensaba si el centurión habría

sacado la pistola para amenazarle o sólo para aliviar su cinto de aquel peso. Era un movimiento que le había visto hacer otras veces. Y pensaba en Paco, a quien bautizó, a quien casó. Recordaba en aquel momento detalles nimios, como los búhos nocturnos y el olor de las perdices en adobo. Quizá de aquella respuesta dependiera la vida de Paco. Lo quería mucho, pero sus afectos no eran por el hombre en sí mismo, sino *por Dios*. Era el suyo un cariño por encima de la muerte y la vida. Y no podía mentir.

—¿Sabe usted dónde se esconde? —le preguntaban a un tiempo los cuatro.

Mosén Millán contestó bajando la cabeza. Era una afirmación. Podía ser una afirmación. Cuando se dio cuenta era tarde. Entonces pidió que le prometieran que no lo matarían. Podrían juzgarlo, y si era culpable de algo, encarcelarlo, pero no cometer un crimen más. El centurión de la expresión bondadosa prometió. Entonces Mosén Millán reveló el escondite de Paco. Quiso hacer después otras salvedades en su favor, pero no le escuchaban. Salieron en tropel, y el cura se quedó solo. Espantado de sí mismo, y al mismo tiempo con un sentimiento de liberación, se puso a rezar.

Media hora después llegaba el señor Cástulo diciendo que el carasol se había acabado porque los señoritos de la ciudad habían echado dos rociadas de ametralladora, y algunas mujeres cayeron, y las otras salieron chillando y dejando rastro de sangre, como una bandada de pájaros después de una perdigonada. Entre las que se salvaron estaba la Jerónima, y al decirlo, Cástulo añadió:

—Ya se sabe. Mala hierba...

El cura, viendo reír a Cástulo, se llevó las manos a la cabeza, pálido. Y, sin embargo, aquel hombre no había denunciado, tal vez, el escondite de nadie. ¿De qué se escandalizaba? —se preguntaba el cura con horror—. Volvió a rezar. Cástulo seguía hablando y decía que había once o doce mujeres heridas, además de las que habían muerto en el mismo carasol. Como el médico estaba encarcelado, no era fácil que se curaran todas.

Al día siguiente el centurión volvió sin Paco. Estaba indignado. Dijo que al ir a entrar en las Pardinas el fugitivo los había recibido a tiros. Tenía una carabina de las de los guardas de montes, y acercarse a las Pardinas era arriesgar la vida.

Pedía al cura que fuera a parlamentar con Paco. Había dos hombres de la centuria heridos, y no quería que se arriesgara ninguno más.

Un año después Mosén Millán recordaba aquellos episodios como si los hubiera vivido el día anterior. Viendo entrar en la sacristía al señor Cástulo —el que un año antes se reía de los crímenes del carasol— volvió a entornar los ojos y a decirse a sí mismo: «Yo denuncié el lugar donde Paco se escondía. Yo fui a parlamentar con él. Y ahora...» Abrió los ojos, y vio a los tres hombres sentados enfrente. El del centro, don Gumersindo, era un poco más alto que los otros. Las tres caras miraban impasibles a Mosén Millán. Las campanas de la torre dejaron de tocar con tres golpes finales graves y espaciados, cuya vibración quedó en el aire un rato. El señor Cástulo dijo:

—Con los respetos debidos. Yo querría pagar la misa, Mosén Millán.

Lo decía echando mano al bolsillo. El cura negó, y volvió a pedir al monaguillo que saliera a ver si había gente. El chico salió, como siempre, con el romance en su recuerdo:

> *En las zarzas del camino*
> *el pañuelo se ha dejado,*
> *las aves pasan de prisa,*
> *las nubes pasan despacio...*

Cerró una vez más Mosén Millán los ojos, con el codo derecho en el brazo del sillón y la cabeza en la mano. Aunque había terminado sus rezos, simulaba seguir con ellos para que lo dejaran en paz. Don Valeriano y don Gumersindo explicaban a Cástulo al mismo tiempo y tratando cada uno de cubrir la voz del otro que también ellos habían querido pagar la misa.

El monaguillo volvía muy excitado, y sin poder decir a un tiempo todas las noticias que traía:

—Hay una mula en la iglesia —dijo, por fin.

—¿Cómo?

—Ninguna persona, pero una mula ha entrado por alguna parte, y anda entre los bancos.

Salieron los tres, y volvieron para decir que no era una mula, sino el potro de Paco el del Molino, que solía andar suelto por el pueblo. Todo el mundo sabía que el padre de Paco estaba enfermo, y las mujeres de la casa, medio locas. Los animales y la poca hacienda que les quedaba, abandonados.

—¿Dejaste abierta la puerta del atrio cuando saliste? —preguntaba el cura al monaguillo.

Los tres hombres aseguraban que las puertas estaban cerradas. Sonriendo agriamente añadió don Valeriano:

—Esto es una maula. Y una malquerencia.

Se pusieron a calcular quién podía haber metido el potro en la iglesia. Cástulo hablaba de la Jerónima. Mosén Millán hizo un gesto de fatiga, y les pidió que sacaran el animal del templo. Salieron los tres con el monaguillo. Formaron una ancha fila, y fueron acosando al potro con los brazos extendidos. Don Valeriano decía que aquello era un sacrilegio, y que tal vez habría que consagrar el templo de nuevo. Los otros creían que no.

Seguían acosando al animal. En una verja —la de la capilla del Cristo— un diablo de forja parecía hacer guiños. San Juan en su hornacina alzaba el dedo y mostraba la rodilla desnuda y femenina. Don Valeriano y Cástulo, en su excitación, alzaban la voz como si estuvieran en un establo:

—¡Riiia! ¡Riiia!

El potro corría por el templo a su gusto. Las mujeres del carasol, si el carasol existiera, tendrían un buen tema de conversación. Cuando el alcalde y don Gumersindo acorralaban al potro, éste brincaba entre ellos y se pasaba al otro lado con un alegre relincho. El señor Cástulo tuvo una idea feliz:

—Abran las hojas de la puerta como se hace para las procesiones. Así verá el animal que tiene la salida franca.

El sacristán corría a hacerlo contra el parecer de don Valeriano que no podía tolerar que donde estaba él tuviera iniciativa alguna el señor Cástulo. Cuando las grandes hojas estuvieron abiertas el potro miró extrañado aquel torrente de luz. Al fondo del atrio se veía la plaza de la aldea, desierta, con una casa pintada de amarillo, otra encalada, con cenefas azules. El sacristán llamaba al potro en la dirección de la salida. Por fin convencido el animal de que aquel no era su sitio, se marchó. El monaguillo recitaba todavía entre dientes:

...las cotovías se paran
en la cruz del camposanto.

Cerraron las puertas, y el templo volvió a quedar en sombras. San Miguel con su brazo desnudo alzaba la espada sobre el dragón. En un rincón chisporroteaba una lámpara sobre el baptisterio.

Don Valeriano, don Gumersindo y el señor Cástulo fueron a sentarse en el primer banco.

El monaguillo fue al presbiterio, hizo la genuflexión al pasar frente al sagrario y se perdió en la sacristía:

—Ya se ha marchado, Mosén Millán.

El cura seguía con sus recuerdos de un año antes. Los forasteros de las pistolas obligaron a Mosén Millán a ir con ellos a las Pardinas. Una vez allí dejaron que el cura se acercara solo.

—Paco —gritó con cierto temor—. Soy yo. ¿No ves que soy yo?

Nadie contestaba. En una ventana se veía la boca de una carabina. Mosén Millán volvió a gritar:

—Paco, no seas loco. Es mejor que te entregues.

De las sombras de la ventana salió una voz:

—Muerto, me entregaré. Apártese y que vengan los otros si se atreven.

Mosén Millán daba a su voz una gran sinceridad:

—Paco, en el nombre de lo que más quieras, de tu mujer, de tu madre. Entrégate.

No contestaba nadie. Por fin se oyó otra vez la voz de Paco:

—¿Dónde están mis padres? ¿Y mi mujer?

—¿Dónde quieres que estén? En casa.

—¿No les ha pasado nada?

—No, pero, si tú sigues así, ¿quién sabe lo que puede pasar?

A estas palabras del cura volvió a suceder un largo silencio. Mosén Millán llamaba a Paco por su nombre, pero nadie respondía. Por fin, Paco se asomó. Llevaba la carabina en las manos. Se le veía fatigado y pálido.

—Contésteme a lo que le pregunte, Mosén Millán.

—Sí, hijo.

—¿Maté ayer a alguno de los que venían a buscarme?

—No.

—¿A ninguno? ¿Está seguro?

—Que Dios me castigue si miento. A nadie.

Esto parecía mejorar las condiciones. El cura, dándose cuenta, añadió:

—Yo he venido aquí con la condición de que no te harán nada. Es decir, te juzgarán delante de un tribunal, y si tienes culpa, irás a la cárcel. Pero nada más.

—¿Está seguro?

El cura tardaba en contestar. Por fin dijo:

—Eso he pedido yo. En todo caso, hijo, piensa en tu familia y en que no merecen pagar por ti.

Paco miraba alrededor, en silencio. Por fin dijo:

—Bien, me quedan cincuenta tiros, y podría vender la vida cara. Dígales a los otros que se acerquen sin miedo, que me entregaré.

De detrás de una cerca se oyó la voz del centurión:

—Que tire la carabina por la ventana, y que salga.

Obedeció Paco.

Momentos después lo habían sacado de las Pardinas, y lo llevaban a empujones y culatazos al pueblo. Le habían atado las manos a la espalda. Andaba Paco cojeando mucho, y aquella cojera y la barba de quince días que le ensombrecía el rostro le daban una apariencia diferente. Viéndolo Mosén Millán le encontraba un aire culpable. Lo encerraron en la cárcel del municipio.

Aquella misma tarde los señoritos forasteros obligaron a la gente a acudir a la plaza e hicieron discursos que nadie entendió, hablando del imperio y del destino inmortal y del orden y de la santa fe. Luego cantaron un himno con el brazo levantado y la mano extendida, y mandaron a todos retirarse a sus casas y no volver a salir hasta el día siguiente bajo amenazas graves.

Cuando no quedaba nadie en la plaza, sacaron a Paco y a otros dos campesinos de la cárcel, y los llevaron al cementerio, a pie. Al llegar era casi de noche. Quedaba detrás, en la aldea, un silencio temeroso.

El centurión, al ponerlos contra el muro, recordó que no se habían confesado, y envió a buscar a Mosén Millán. Éste se extrañó de ver que lo llevaban en el coche del señor Cástulo. (Él lo había ofrecido a las nuevas autoridades.) El coche pudo avanzar hasta el lugar de la ejecución. No se había atrevido Mosén Millán a preguntar nada. Cuando vio a Paco, no sintió sorpresa alguna, sino un gran desaliento. Se confesaron los tres. Uno de ellos era un hombre que había trabajado en casa de Paco. El pobre, sin saber lo que hacía, repetía fuera de sí una vez y otra entre dientes: «Yo me acuso, padre..., yo me acuso, padre...» El mismo coche del señor Cástulo servía de confesionario, con la puerta abierta y el sacerdote sentado dentro. El reo se arrodillaba en el estribo. Cuando Mosén Millán decía *ego te absolvo,* dos hombres arrancaban al penitente y volvían a llevarlo al muro.

El último en confesarse fue Paco.

—En mala hora lo veo a usted —dijo al cura con una voz que Mosén Millán no le había oído nunca. Pero usted me conoce, Mosén Millán. Usted sabe quién soy.

—Sí, hijo.

—Usted me prometió que me llevarían a un tribunal y me juzgarían.

—Me han engañado a mí también. ¿Qué puedo hacer? Piensa, hijo, en tu alma, y olvida, si puedes, todo lo demás.

—¿Por qué me matan? ¿Qué he hecho yo? Nosotros no hemos matado a nadie. Diga usted que yo no he hecho nada. Usted sabe que soy inocente, que somos inocentes los tres.

—Sí, hijo. Todos sois inocentes; pero, ¿qué puedo hacer yo?

—Si me matan por haberme defendido en las Pardinas, bien. Pero los otros dos no han hecho nada.

Paco se agarraba a la sotana de Mosén Millán, y repetía: «No han hecho nada, y van a matarlos. No han hecho nada». Mosén Millán, conmovido hasta las lágrimas, decía:

—A veces, hijo mío, Dios permite que muera un inocente. Lo permitió de su propio Hijo, que era más inocente que vosotros tres.

Paco, al oír estas palabras, se quedó paralizado y mudo. El cura tampoco hablaba. Lejos, en el pueblo, se oían ladrar perros y sonaba una campana. Desde hacía dos semanas no se oía sino aquella campana día y noche. Paco dijo con una firmeza desesperada:

—Entonces, si es verdad que no tenemos salvación, Mosén Millán, tengo mujer. Está esperando un hijo. ¿Qué será de ella? ¿Y de mis padres?

Hablaba como si fuera a faltarle el aliento, y le contestaba Mosén Millán con la misma prisa enloquecida, entre dientes. A veces pronunciaban las palabras de tal manera, que no se entendían, pero había entre ellos una relación de sobrentendidos. Mosén Millán hablaba atropelladamente de los designios de Dios, y al final de una larga lamentación preguntó:

—¿Te arrepientes de tus pecados?

Paco no lo entendía. Era la primera expresión del cura que no entendía. Cuando el sacerdote repitió por cuarta vez, mecánicamente, la pregunta, Paco respondió que sí con la cabeza. En aquel momento Mosén Millán alzó la mano, y dijo: *Ego te absolvo in...* Al oír estas palabras dos hombres tomaron a Paco por los brazos y lo llevaron al muro donde estaban ya los otros. Paco gritó:

—¿Por qué matan a estos otros? Ellos no han hecho nada.

Uno de ellos vivía en una cueva, como aquel a quien un día llevaron la unción. Los faros del coche —del mismo coche donde estaba Mosén Millán— se encendieron, y la descarga sonó casi al mismo tiempo sin que nadie diera órdenes ni se escuchara voz alguna. Los otros dos campesinos cayeron, pero Paco, cubierto de sangre, corrió hacia el coche.

—Mosén Millán, usted me conoce —gritaba enloquecido.

Quiso entrar, no podía. Todo lo manchaba de sangre. Mosén Millán callaba, con los ojos cerrados y rezando. El centurión puso su revólver detrás de la oreja de Paco, y alguien dijo alarmado:

—No. ¡Ahí no!

Se llevaron a Paco arrastrando. Iba repitiendo en voz ronca:

—Pregunten a Mosén Millán; él me conoce.

Se oyeron dos o tres tiros más. Luego siguió un silencio en el cual todavía susurraba Paco : «Él me denunció..., Mosén Millán, Mosén Millán...».

El sacerdote seguía en el coche, con los ojos muy abiertos, oyendo su nombre sin poder rezar. Alguien había vuelto a apagar las luces del coche.

—¿Ya? —preguntó el centurión.

Mosén Millán bajó y, auxiliado por el monaguillo, dio la extremaunción a los tres. Después un hombre le dio el reloj de Paco —regalo de boda de su mujer— y un pañuelo de bolsillo.

Regresaron al pueblo. A través de la ventanilla, Mosén Millán miraba al cielo y, recordando la noche en que con el mismo Paco fue a dar la unción a las cuevas, envolvía el reloj en el pañuelo, y lo conservaba cuidadosamente con las dos manos juntas. Seguía sin poder rezar. Pasaron junto al carasol desierto. Las grandes rocas desnudas parecían juntar las cabezas y hablar. Pensando Mosén Millán en los campesinos muertos, en las pobres mujeres del carasol, sentía una especie de desdén involuntario, que al mismo tiempo le hacía avergonzarse y sentirse culpable.

Cuando llegó a la abadía, Mosén Millán estuvo dos semanas sin salir sino para la misa. El pueblo entero estaba callado y sombrío, como una inmensa tumba. La Jerónima había vuelto a salir, e iba al carasol, ella sola, hablando para sí. En el carasol daba voces cuando creía que no podían oírla, y otras veces callaba y se ponía a contar en las rocas las huellas de las balas.

Un año había pasado desde todo aquello, y parecía un siglo. La muerte de Paco estaba tan fresca, que Mosén Millán creía tener todavía manchas de sangre en sus vestidos. Abrió los ojos y preguntó al monaguillo:

—¿Dices que ya se ha marchado el potro?

—Sí, señor.

Y recitaba en su memoria, apoyándose en un pie y luego en el otro:

> *...y rindió el postrer suspiro*
> *al Señor de lo creado.—Amén.*

En un cajón del armario de la sacristía estaba el reloj y el pañuelo de Paco. No se había atrevido Mosén Millán todavía a llevarlo a los padres y a la viuda del muerto.

Salió al presbiterio y comenzó la misa. En la iglesia no había nadie, con la excepción de don Valeriano, don Gumersindo y el señor Cástulo. Mientras recitaba Mosén Millán, *introibo ad altare Dei,* pensaba en Paco, y se decía: es verdad. Yo lo bauticé, yo le di la unción. Al menos —Dios lo perdone— nació, vivió y murió dentro de los ámbitos de la Santa Madre Iglesia. Creía oír su nombre en los labios del agonizante caído en tierra: «...Mosén Millán». Y pensaba aterrado y enternecido al mismo tiempo: Ahora yo digo en sufragio de su alma esta misa de *réquiem,* que sus enemigos quieren pagar.

Colección Destinolibro